本书编委会

主　编　胡　霞
副主编　李红鸣　吴金全　陈铁军
编　委（按姓氏笔画排序）

　　万明莉　王华美　王　璐　田勇君　白德惠　伍　敏　庄凌云
　　刘家莉　刘　培　许康劲　李怡然　李铭秀　李　解　李　衡
　　杨小全　杨　伟　杨　莲　杨凌峰　肖　莉　邹梦然　张　捷
　　陈　明　欧　永　周梦园　钟　然　徐良英　高　欣　黄　鑫
　　曹　芳　蒋诗瑶　曾文敏　曾秀彬　樊　森

潮来天地青

——《树德潮》选萃

胡　霞／主编

四川大学出版社
SICHUAN UNIVERSITY PRESS

项目策划：唐　飞　段悟吾
责任编辑：庄　溢
责任校对：王心怡
封面设计：墨创文化
责任印制：王　炜

图书在版编目（CIP）数据

潮来天地青：《树德潮》选萃 / 胡霞主编. — 成
都：四川大学出版社，2021.7
　ISBN 978-7-5690-4776-9

　Ⅰ. ①潮… Ⅱ. ①胡… Ⅲ. ①中国文学－当代文学－
作品综合集 Ⅳ. ① I217.1

中国版本图书馆 CIP 数据核字（2021）第 116023 号

书名	潮来天地青——《树德潮》选萃
主　　编	胡　霞
出　　版	四川大学出版社
地　　址	成都市一环路南一段 24 号（610065）
发　　行	四川大学出版社
书　　号	ISBN 978-7-5690-4776-9
印前制作	四川胜翔数码印务设计有限公司
印　　刷	四川盛图彩色印刷有限公司
成品尺寸	170mm×240mm
印　　张	12.5
字　　数	188 千字
版　　次	2021 年 8 月第 1 版
印　　次	2021 年 8 月第 1 次印刷
定　　价	60.00 元

◆ 读者邮购本书，请与本社发行科联系。
　电话：(028)85408408/(028)85401670/
　(028)86408023　邮政编码：610065
◆ 本社图书如有印装质量问题，请寄回出版社调换。
◆ 网址：http://press.scu.edu.cn

四川大学出版社
微信公众号

风潮涌琉璃，露朵纷锦绣

成都树德中学党委书记、校长　胡霞

　　"日落江湖白，潮来天地青"，这是王维《送邢桂州》一诗中的名句。王维既是诗人，也是画家，这两句"以水墨写五彩，以简淡含灿烂"，其中又涌动着蓬勃的生命力量。用"潮来天地青"为这本校园文学作品集命名，可谓正得其宜。

　　《树德潮》是由成都树德中学学生创办的校园文学刊物，创刊于1993年。它曾四次获得"全国十佳校园文学刊物"称号，先后被《中国校园文学》《美文》《中学生读写》等杂志专题报道，在全国范围内具有广泛影响力。著名作家马识途、流沙河、阿来等诸位先生先后为《树德潮》题写刊名或题词，表达了他们对树德学子的殷殷期望。28年来，这本薄薄的却又沉甸甸的刊物，承载了一代代树德人的青春记忆和文学梦想。

　　大家正在翻阅的这本作品集中，汇集的是《树德潮》历年部分优秀作品。当然，这并非传统意义上的"优秀作文选"或者"应试佳作选"，我们想要呈现给读者的是树德人对文学欣赏与创作的独特理解、从笔端涌出的文学才情，以及独属于青春时代的文学理想和文学雄心。92年来，树德中学高扬"五育同尊，身心并健"的教育理想，而文学审美、文学创作必然是实现人的整全发展的题中应有之义。我校"忠勇勤"的校箴中，便包含"勤于写作"的主张。这样一本作品集，其意义远远超过了"优秀作文选"的范畴，而是树德育人理想的价值传递与悠悠回响。

文学的种子，往往会在不经意的时刻萌芽。作为教育人，我们有责任呵护一粒粒幼小的种子，等待它们破土勾萌。尽管这些作品文笔还略显稚嫩，思想还不够深邃，但是谁能否定其中孕育的无限可能呢？毕竟，当年谁敢相信，在清华大学图书馆中奋笔疾书的大四学生万家宝，写出的竟是使中国现代话剧走向成熟的代表作《雷雨》？而以笔名"查理"发表《一事能狂便少年》的浙江衢州中学高二学生，日后竟会成为武侠文学泰斗金庸？学校应该构建学生整全发展、梦想生根的场域，以文化人，润物无声。我们很欣喜地看到，在一代代树德人的共同努力下，树德中学日益成为这样一方让梦想萌芽的土地，让更多的奇花异草、参天大树在这里拔节成长。

在喜迎建党百年之际，《潮来天地青》即将出版，以树德人的教育初心、理想智慧为党的百年华诞献礼。我要向《树德潮》的所有作者、指导教师和读者表示敬意，还要向为本书的出版做了大量工作的树德中学德育处教师、语文组教师、学生志愿者，以及四川大学出版社的领导和编辑同志们表示诚挚的感谢！让我们期待着，树德人才情富赡的笔下，"风潮涌琉璃，露朵纷锦绣"。

是为序。

2021 年 6 月于树德里

潮声回响

初 1988 级、高 1991 级　马　达

1993 年春天，一本由中学生写、写中学生的校园刊物《树德潮》创刊了。潮起潮落，延绵至今。"全国十佳校园文学刊物""在省内国内享有盛誉"，这样的赞美之词说的就是它。一本校园刊物缘何有这样的生命力？

如今从故纸堆里，翻出当年手写手画的底稿，感慨万千，理想、青春、热血又涌上心头。那些认真描绘的插图、灵动的文字，对真谛的追求，对理想的执着，对美的表达，放在 28 年后的当下，依然积极向上，依然很潮很酷。我想这就是生命力的缘起，这就是我们的"觉醒年代"吧。

遥想当年，刚接到创办校刊的任务时，我们那届学生会，跃跃欲试，可又无从下手。还好在何文斗、左兵、黄贞汝等校领导和老师的指导和组织下，我们汇集了十几名在文学、绘画、书法等方面才华横溢的同学，开始了《树德潮》的创刊工作。

"顾大诗人"顾文瑾翻出了自己历年积累的诗集，好诗信手拈来，甚至还能来一下即兴创作；冷方甜美、温婉，一会儿就不声不响地设计好了扉页和花边；胡珂不羁地转着手上的铅笔，捋一捋齐肩的长发，随心所欲地勾勒出一幅幅生动的图画；我和几个同学只有征稿和刻字的份儿，美术字、楷

书、隶书、行书，我们根据作品的需要变换着字体，随着这些书法字体，我们仿佛穿越了千年。

由于经费有限，我们只能自己设计版式、手工刻版，写错画错了，还要重来。历时两个月，样稿终于完成了。王雪倩、武艳等同学拿到校油印室去油印，闻着墨香，我想她们是陶醉的。最后的成书我记得是在我和王雪倩家里装订的。第一期《树德潮》每个班只能赠送 2 本，由我们发到每一位班主任或班长的手上。看着这略显"粗糙"的心血，我们本以为是孤芳自赏，因而惴惴不安。没想到同学们的反应却相当热烈，好多班 2 本一发下去传阅就不见了，陆陆续续有班级开始用班费订阅，2 本、3 本、5 本、10 本……每本 1 元，我们有钱了。这太令人兴奋了，于是从第二期开始，我们决定提升刊物质量，把油印改为胶印。我们通过老师、父母的关系联系了好几家印刷单位，终于找到了最便宜的一家，收到的订阅费完全可以覆盖成本，还略有盈余。这下大家干劲更大了，招兵买马，广泛征稿，开辟新专栏，搞得有声有色、热火朝天。

那是激情燃烧的岁月，那是难以忘却的流年。每每在电视里看到革命先烈油印《新青年》《湘江评论》的时候，我就会想起我们挥斥方遒的岁月，以及编辑部里每一张熟悉而陌生的脸。王雪倩、胡珂、武艳最近几年还见过，可顾文瑾、冷方在毕业之后再也未曾谋面，你们在哪里啊？我们想你们啊！我好想对老顾说："我现在也会写诗了。"

1994 年，我们高中毕业了，《树德潮》在学弟学妹的手中被办得更为出色。数年前听闻《树德潮》荣获了"全国十佳校园文学刊物"，我喜不自胜，生活又有了阳光，生命还需要绽放。希望现在的学弟学妹们，写出自己最真切的感受、最感人的故事，任奇思妙想信马由缰；画出壮美山河、秋水微霜，可以是伊人，也可以是英彦，可以是漫画，也可以是白描泼墨。但一定要记住我们是树德人，厚德方可载物，同学们要终身学习、勤于思考、勇于创新，尽情享受创作的快乐。

最后填一首《满庭芳》，贺树德 92 周年诞辰，记我们的纯真年代，同时祝愿树德桃李满天下，为祖国培养更多的人才。

　　　满庭芳·同窗小聚

　　春日暖阳，普天同庆，诉青葱少年情。
　　举杯推盏，笑泪更相迎。
　　重忆同窗往事，倏回首、鬓发霜星。
　　惊些许，青梅竹马，罗带未联成。

　　无凭。然此际，唱和相吟，馨远文婷。
　　再斟上由他，相思而倾。
　　此去何时见也，相逢处、殷切临屏。
　　祈来日，高歌猛进，树德长街行……

2021 年 4 月

目　录

盛世芳华

墨痕诗香

盛夏光年

踏海弄潮

越陌度阡

且听风吟

他山之石

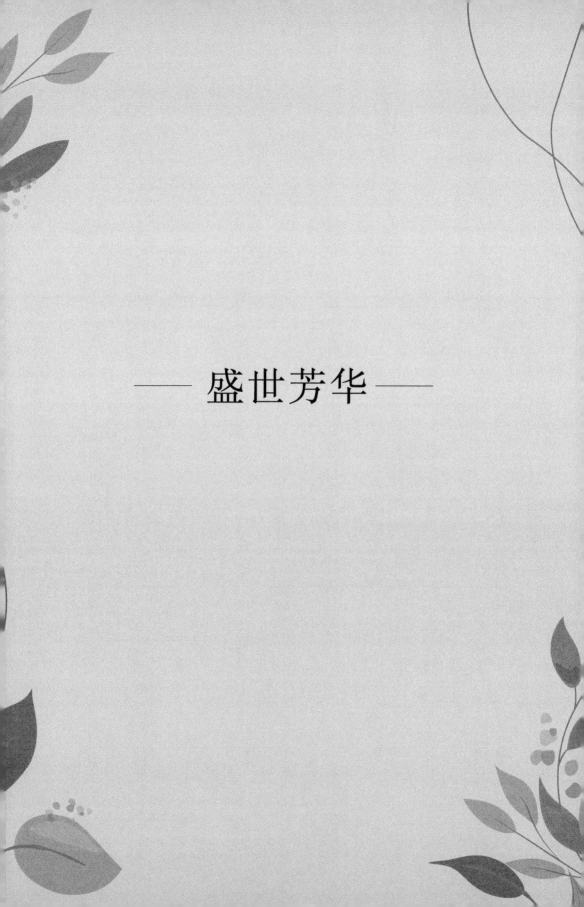

——盛世芳华——

千年书墨，叹祖国

唐姝琦　高 2011 级 2 班

滚滚长江滔滔黄河，神州大地的血脉流过五千年的时光，混着幽香的笔墨，从过去到永恒，不息地奔流着，尧舜的天空，夏商的黄土，拥抱着我的祖国。我站在这一个角落，从天涯海角望到戈壁沙漠，从上古传说想到今朝的赞歌。我，捧起这一抔黄土，从祖国的大地上，读到五千年的足迹中，叹不尽的沧桑与浩瀚。

天地玄黄之时，宇宙洪荒之际，祖国的大地上，便跃动起诗书的脉搏。有人说，以一个浪漫的理由来爱国吧！祖国有诗歌，祖国的诗魂，是他们的灵魂。那个"身既死兮神以灵，子魂魄兮为鬼雄"的人，那个"力拔山兮气盖世"的人，那个"横眉冷对千夫指，俯首甘为孺子牛"的人。跋山涉水，去看那一汪零丁洋，"留取丹心照汗青"的人。五千年的青冥高天，五千轮回的漾水波澜，有多少灵魂，夜夜回来，看那一方自己叹过的尘世，叹那一个自己深爱的祖国。生生死死的壮烈，壮烈的血雨腥风，血雨腥风的烟云中，祖国一抚手，一曲风起云涌，一首唱不完的雄浑之歌，在这洪流中，感动着，也被感动着。

祖国，风雅的战士；祖国，坚毅的诗人。

一世盛唐，是祖国抹不去的灿烂笑容，那是一场历史和祖国的约会，柔情似水，佳期如梦。他们的咏叹是祖国的咏叹，看"山随平野尽"的无边河山，"江入大荒流"的苍茫浩瀚，找到那条飞沙走石的古道，走向遥远的蓝天；找到那只摇曳的扁舟，去看那场渡头落日，墟里孤烟。"闲云潭影日悠悠，物换星移几度秋？"拾起当时的那枝花蕾，尘土中的浪漫，千百年前的那只惊鸿，还在盘桓着、缠绵着。古坟青冢前，荫荫青松。祖国笔锋一抖，漫卷诗书中的百转千回，随了亘古依然的江山，深深扎进九州大地。

祖国，清雅的文人；祖国，浪漫的历史。

"黄尧舜禹夏商周，春秋战国乱悠悠，秦汉三国晋统一，南朝北朝是对头。隋唐五代又十国，宋元明清帝王休。"一首朝代歌，捋过了时间的洪流。无法读写，是因为有太多的无法言说、太多的无以言表。

举杯邀月，问青天之上的它，可还记得那些年有过的秦时明月汉时关，院锁清秋，逝水东流。脚下的黄土，酿出了世间至醇的美酒。我饮下，祖国，从此一生不能离开你的过去、现在和未来。因为我的血液里，浸润着你的长江黄河、你的诗书笔墨！

我，还是站在这个角落，捧着你的一笔一画，读着，写着。祖国，无论日月如何变更，你的苍茫古朴不会变，因为你深情地吟咏过，无论有多少次沧海桑田，你的海风江月不会变，因为那是你书写的感动，我会永远记得。

祖国，我以一个浪漫的理由爱着你，因为你留下了那些唱不尽的歌。

奥运·老人

李杨晶　高 2010 级 16 班

如何描述爷爷呢？他像一枝干瘪的葡萄藤，勉强攀住时光，叶子黯碎，枝茎蒙尘。他生活在一个四四方方的小房子里，少光，灰墙，四周拔地而起的大厦使它成了城市丛林中的一堆枯棘。

8 月 8 日那天，在一通仿佛来自时间之外的电话里，传来了爷爷的声音。

"晶晶啊，奥运会开幕是今天没错吧？"

"是的，是今天。"

"晚上记得看电视啊。"

"我一定。"

"那……那我挂电话了……你好好学习。"

"爷爷再见。"

搁下电话，我似乎还没有从刚才那陌生的熟悉感中脱离出来。空气中却充满着另一种诧异。我试着想象一个沉睡在古旧书堆中、京戏里的老人重新醒过来，打量着这个世界。

今天，女子射箭决赛，又是一通电话，迫使我回到爷爷那间阴暗的小间中。我仿佛已经看见爷爷面无表情地面对着泛着雪花、年纪比我还大的电视观看比赛。

"来了来了。"爷爷拉开锈迹斑驳的铁门，探出一张泛着笑意的脸。爷爷引我进来，一抬眼，撞入眼帘的却是一抹红色，我再定睛一看，鲜艳的五星红旗高悬在大门正对的灰墙上，我有些愣住了，还来不及惊讶，爷爷已经开始在我的耳边激动地说了起来。

他嘴拙，只能结巴地叫出每一个环数；他手笨，为了向我演示他忙得"手舞足蹈"；他性急，甚至希望在射箭之前就知道分数；他心焦，当中国队落后时不停地叨叨"咋办，这可咋办"。

当最后一环时，他缓缓从小木椅上站起来，压抑着什么，克制着什么，徐徐走向电视机。荧幕上灰蒙蒙的，运动员的脸也被拉伸得扭曲。很久很久，仿佛一个世纪，当电视里传来国歌，在电视前微颤静默着的爷爷如士兵听到了指令，猛地站直，用苍老而激动的声音对着国旗唱起了国歌。尽管爷爷的背有些佝偻，头发疏白，但金色的阳光冲破小屋里灰蒙蒙的浓雾，包围着他，仿佛让他成为爱琴海边千年伫立的阿波罗。

国歌毕，我的眼帘里似乎映入了一滴顺着深刻纹路滚下的浊泪，是错觉吗？我只是依稀记得许多年前内蒙古那片苍碧无垠的大草原上，也曾留下过爷爷"弯弓射大雕"的豪气吧！

我用最虔诚的心感激奥运，它让一个耄耋老者重新汲饮了岁月的甘醴，而背后是一个见证了中国变迁的平常老人心中炽烈的红旗之火。

七月流火的某天，我让自己沉浸在一片有关奥运的火红与喜悦中，并且希望看见一个行动迟缓的老人，一边努力踏着一辆吱呀作响的自行车，一边用嘶哑而兴奋的声音诉说着自己对奥运、对祖国的赤子之心。一定会的，我想。

信

中华烟云

▰▰

与妻书

卿卿吾爱：

展信佳。

近来病榻残喘，想来时日无几。故园念切，梦寐神驰。提笔之艰，未可尽述。人生海海，不知何时你会读到这里，总归是在我离开之后。

这几日，武汉天气甚好，大有回暖之势。又闻早樱已开，风雨过后，粉白花瓣簌簌而落，你若是亲见，定会格外欢喜。思及过往，离家之日，我实不忍告诉你我将往何方。以你的性子，若是知道了，又怎会不随我同行。可若是如此，我又如何舍得？

十八年前，我辈尚年轻，只能眼睁睁地看着数万同胞长眠，任凭 SARS 在中国大地上蔓延。这般无能为力，我不愿再重来一遍。

这些天，同事们不让你来，告诉我你急坏了。这个地方有什么好来的呢？我自己就是做医生的，待在医院也没什么好稀奇的。只不过从前是我治别人，现在是别人治我。

治别人的时候忙忙碌碌，也记不起什么。现下时间一空，闭上眼便看到以前的事。那时候大家多年轻啊，可如今早已成熟起来，各奔东西了。

我以前总觉得自己命大，多少天灾人祸，偏偏我能安然无恙。可如今躺在医院里，我才发现，自己也不过是个凡人。生老病死，该经历的，一样少不了。一个凡人一辈子能有多稀奇？想来想去，我最稀奇的也就是遇见了你。

前段日子，我总想着劝你别担心，却到底没有说出口。毕竟这样一句轻飘飘的言语，落地始终没什么重量；又或是我存了一份私心，将你的担忧作为一件信物，这样，无论我在何处，无论我身负怎样的使命，凭着这般牵绊，我都能回到你身边。

咱们的宝囡可还好？想来你也是护好了她，从未让她出过家门。记着告诉你们班的那群小朋友，别天天净想着出去玩，这段时日正好用来弥补往日的遗憾。若是宝囡问起我在哪，别忘了告诉她爸爸去追梦了。

说来好笑，小时候老想着要斩妖除魔做个英雄，后来才知道超级英雄的神话都只存在于小说和电影里。所以到现在，我也只是个平平常常的医生罢了。不过若有一天能在这条路上倒下，这辈子，我也算得上是功德圆满、了无遗憾。

现在我也逐渐接受了这个事实，我不是英雄，我也成不了英雄，我不过是普罗大众中的一员。日后别人说起 2020 年的新冠肺炎，也只会说出一个死亡人数，芸芸众生里没有人会记得我的真名实姓。不过，若你能因此忘了我，这样也很好。

我可能要先走了。可是我会在那边等着你。我啊……

我还没和你，当够夫妻。

前路寒风苦雨，恳请厚自珍爱。

愿安。

2020 年 3 月 2 日

致母亲

母亲台启：

见字如晤。

也许你一生都不会看到这封信，请原谅你任性的女儿吧，她实在不敢表达自己的感情。

这些年，你在我的眼前一点一点衰老下去。时间是个小偷，偷走你的年华似水，偷走你的爱恨情仇，它一点一点歪斜你的五官，黯淡你的双眼，在你的面容上肆意践踏。我不敢告诉你我有多惶恐害怕，因为在我从前二十多年的生命里，衰老永远与死亡紧紧相连，而我害怕死亡。

我并不怕死亡夺去我的生命，而是怕它危及我的家人。我不敢告诉你自奶奶去世后，每当我走过医院的住院楼，我的心里便会涌起无法逃脱的悲哀；我不敢告诉你头上的根根白发到底有多触目惊心，我也不敢告诉自己那是衰老的前奏。

我不愿面对你拿回的体检报告，谁也不知道那块阴影究竟是良性还是恶性，你将要对话的那方，究竟是刀俎还是神灵。

本应陪在你身边，但我不能。

你的女儿不过是一介庸人，没有什么心怀天下的气概，也不应该说去武汉是为了黎民安康。毕竟我只不过是个记者。你是我的母亲，抛却了自己来贯穿我的生命。到了不仅为自己、还要为儿女担惊受怕的今天，你是否会后悔我的到来？是否会后悔冬日里的苦苦等待？是否会后悔我夜半失眠时，你端来的温热牛奶？

妈妈，对不起。我第一次做女儿，不知怎么办才好，折腾了自己又折腾你，折腾得你满头青丝落成霜雪，却仍旧只能是一个碌碌无为、四处奔波的不孝女。你想让我活成你理想中的样子，可我只能依照我自己的方式平安无违地循规蹈矩。我知道你爱我，知道你对我寄予厚望，知道你日日加班赚钱是为了使我没有后顾之忧，我也知道这世上唯有你的爱是以分离为目的。你知道终有一天我们将各自远扬，也许你会清楚地背出世界各地与东八区的时差，也许你的梦中会出现中国漫长的国境线，你在上面徘徊，却望不见那个熟悉的小小身影。

妈妈，你会不会踏遍世界各大港口，从摩尔曼斯克到查尔斯顿港，只为看一眼我曾踏足的景象？你会不会登上世上每一座高山，从迪拜到东非，只为体验一次我吹过的山风？

这些我都无从知晓。我只是你一生中遇到的最浪荡的游子，闯入你的生活里又匆匆离去。或许我会在世界某处想念你，但我已无法成为在你膝头撒娇的小女孩。

妈妈，谢谢你做我的妈妈。

愿安。

2020 年 3 月 2 日

几十载树德，百年树人

佚　名

ഗ᠖ᠥᠥᠥᠥᠥᠥᠥᠥᠥᠥᠥᠥᠥᠥᠥᠥᠥᠥᠥᠥᠥᠥᠥᠥᠥᠥᠥᠥᠥᠥᠥᠥᠥᠥᠥᠥᠥᠥᠥ

　　千年的名校总给人以沉重之感，而年轻的学校又显稚嫩，"八十"却是一个刚刚好的年龄，不至于模糊得看不出画影，又不失历史的积淀。

　　在闹市中若盘古一般地开辟出一片明澈天地，于喧嚣而居静；树德没有恢宏的校舍，却有藏不住的迷人的气息。1929 年对于 2011 级的新生而言无疑是个久远的年代，在校园内踽踽独行，我并未看到那穿越近百年的辛酸，反而感受到了一种强劲、一种激情，但并非会让人过度地踌躇满志，因为在这样的奋发拼搏中，不失一份自得与清新。

　　九月的天气还延续着夏日的炎热，真正的秋日是在第一片银杏叶落下时悄然来临的。作为新生，我总不免会故意提高步伐频率，以为自己已适应了忙碌的高中生活。这其实是一种傻气，无意地错过了很多美好的瞬间，自以为是地把学校当作一种束缚，这是可笑的。我实在是应当感谢树德的银杏，让我在不经意间明白了什么才是高中生活。与往常一样的步调，我几乎是小跑似的走着，不远处的银杏轻轻地侧下身子，似以唯美的金色铺成了一条通往梦的小路。当然，我并未意识到那就是银杏，我微微地觉得自己应该放慢脚步，或许应该停下来安静地站一会儿。然而当我侧过头转过身时，才意识到这么多天自己错过了些什么，竟然拒绝这样一场灿烂的盛宴！校园内有好几棵银杏，在秋风中飒飒而舞，叶毵毵而落，为我们肿胀的双眼添加了不少艳丽与惊喜。诚然，树德给予我知识，更让我明白了什么才是高中生活。正如一位学者所言："什么都可以荒废，唯独生活不能。"

入秋后没过多久便有了冬的凛冽，树木落光了叶子，只有灌木还勉强流出绿意，生机的校园竟变得满目苍凉。还好，这样的季节里并不是所有的树都在沉睡，所有的花都在凋零，馨然欲醉的芳香是在冬天也闻得到的。学期结束时，心中压抑着疲惫和被假期诱惑的浮躁，便像夜间的潮水一般，来势汹汹。花的芳香固然是可以醉人的，而蜡梅却没有那艳俗；虽是浓郁，也不失淡妆。树德的蜡梅不是什么惊喜，它从来都是安静地伫立在那里，如同校舍在闹市中的淡定。它幽幽的芳香，让急功近利者沉思，让心气急躁者沉稳；它也并不一味地把这些东西强加于我们，而是让我们头脑清醒地选择自己所走的路。这样的芳香也不失为一种轻快的律动，在冬日的寒意中抹上一处迷人的侧影。忽然间，我也悟出一种智慧："静若处子，动如脱兔。"

雨水已过，惊蛰将至。树德的花儿们、树木们也渐渐苏醒。暗红的海棠已醉得很深了，灿黄的蓓蕾大概就是迎春，还有那娇美的白色小花，我这俗人叫不出名字。季节的更迭悄然间便展开新的一页，树德跨向又一季的拼搏与收获。树德漫漫八十载，树人莘莘百年间。

我以身为中国人而倍感自豪

曾梦婕　高 2009 级 4 班

89 年前，北京学生千人汇聚天安门，为拒绝中国在巴黎和会"对德和约"上签字而举行了声势浩大的示威游行。全国各地学生、工人、商人罢课、罢工、罢市，使得北洋政府不得不放弃签字。这一伟大的爱国运动成了我国由旧民主主义革命到新民主主义革命的转折点。

试想，假如你是一名 1919 年的北京学生，你是否会为祖国争取国权而不顾一切，高声呐喊？89 年后，在无数仁人志士流下了血与泪后，没有了屈辱的条约，没有了外来侵略者，中国人的生活日趋安稳富足，中国经济开始腾飞。今天，你是否热爱着自己的黑眼睛、黑头发、黄皮肤？你是否能在外国文化的冲击下还拍着胸口说"我以我身为中国人而倍感自豪"？你是否能在国旗冉冉升起时，心中顿生万分景仰与骄傲？你是否能在国歌声洪亮响起时高声唱出自己的中国心？

拜伦说过："连祖国都不爱的人，是什么也不会爱的。"

爱国，作为一种崇高的民族精神，是你我不可或缺的。

最近，我很高兴地看到，在祖国遭遇麻烦时，人们高声呐喊捍卫祖国的权力与尊严。可是，诸如抵制家乐福的事件真的是理性爱国吗？

我认为，爱国不是日本侵略了我们，我们再侵略回去；爱国不是外国人羞辱中国人时，回以人身攻击；爱国不是抵制进口货物，甚至砸毁商店。

爱国是在尝尽了国弱民孱的苦头后，"为中华之崛起而读书"；爱国是在异国他乡仍能秉承中华民族的传统美德，发扬民族精神；爱国是在鄙夷与嘲讽中，用实力给以最强硬的回击；爱国是在祖国遭遇麻烦时，能冷静选择适当的行为捍卫祖国尊严；爱国是对祖国人民报以无限的热情与责任感。"少年强则国强"，作为不久将投身社会的我们，应以国家之任为己任，不断汲取知识，提升自我，用实力让那些曾经鄙视我们的人哑口无言；用实力证明那些企图阻碍中国发展的行为是多么可笑；用实力为祖国赢得更多的荣耀！

冬将尽，春可期

汪钰珺　高2018级2班

古今仿佛只有一瞬，回首却已千年。历史浩荡，沧海桑田。庚子鼠年，风敲铁马，雨凉檐角，疫情骤起。面对新冠肺炎疫情，全国人民众志成城，驰援武汉。樱花落处，满地成诗。

大鹏展翅，鹏程万里；鲸落海底，哺育众生。"千里面朝夕相见，一寸心死生可同"，医护人员们写下一份份请战书，用凡人躯体，比肩神明。这是"若有战，召必回，战必胜"的侠肝义胆，亦是"身负青囊，剑指四方"的医者仁心。"擎星逆行亦无惧，焚膏继晷恒穷年"，钟南山院士用非凡的毅力和不老的精神，奔赴前线，"医者之大，救国救民，仁心可贵"；"恰似蕙兰播大爱，悬壶济世美名扬"，巾帼英杰李兰娟，横刀立马，挂帅出征，其心若兰，情系众生。这些就是真正的战士，民族的脊梁！基辛格曾说"中国人总是被他们之中最勇敢的人保护得很好"，也正是因为这些勇敢的人，我们才能如此迅速地战胜疫情，迎接黎明。

中华泱泱，万古长空；躬身入局，风雨同舟。中华青年面对疫情，应肩负使命，贡献力量。周总理的教诲"为中华之崛起而读书"犹在耳边回响，邓小平的"科学技术是第一生产力"的理念，我们绝不会忘。接过建设祖国

潮来天地青——《树德潮》选萃

的接力棒,走好漫漫长征路。灾难面前,更需敬畏知识和科学。侥幸与傲慢,是病毒肆虐的理由;科学与理性,是战胜疫情的利刃。中国青年在疫情面前,应深悟科技力量、知识力量,牢记使命,不畏前行,无问西东。正如贾平凹先生所言"我有使命不敢怠"。云山苍苍,江水泱泱,江山代有才人出,不负华夏顶天地;青年之志,山高水长,江东子弟多才俊,浮事新人换旧人。

青山一道,同担风雨;此心所系,便是吾乡。危急时刻,中华儿女团结一致,万众一心。"时代的一粒灰,落在个人头上,就是一座山。"可怜愁满江南北,老红吹尽春无力。但新冠肺炎这座大山,亦使社会各界紧密团结。无数平凡的英雄,缔造着璀璨的星河,映射出人性的光辉。全体国人面对疫情都自愿待在家中,放弃了繁华与热闹;建筑工人用最短时间修建医院,展现中国速度;无数企业家不忘祖国安危,纷纷捐资捐物支援国家。灾难面前,沧海横流,方显中华本色;疫情之下,共克时艰,正现中国奇迹。

中华民族是凝聚力强的民族,因为灾难面前,中国没有旁观者。"为什么我的眼里常含泪水?因为我对这土地爱得深沉",这是艾青对中华民族最深情的告白。生于华夏,便得华夏庇护;长于华夏,便对华夏感恩。每一个中国人内心深处都有份家国情怀,而这份家国情怀可以追溯到千百年前。无论是"安得广厦千万间,大庇天下寒士俱欢颜"的杜甫,还是"位卑未敢忘忧国,事定犹须待阖棺"的陆游,抑或是"为天地立心,为生民立命,为往圣继绝学,为万世开太平"的张载,都能让国人感受到那份流淌在中华民族血液中的沸腾和力量,而这份力量给中华民族带来了巨大的希望,让春天加速了它的脚步。家国情怀永相传,力不知火尽;中华儿女不忘本,梦肆意追逐。

乌云不可蔽日,疫情不可挡春。此时已草长莺飞,烟波翠柳。冬将尽,春可期。山河无恙,岁月静好。

七盏酒

申书媛

第一盏　千里归家

我拉着行李箱，立在这座低调的灰黑色的老建筑前，已经二十分钟了。

"叮咚——"左手紧紧地按住狂跳的心脏，我咬牙一按，终于按响了太姥爷家的门铃。

"谁呀？"苍老的声音里颤动着岁月的痕迹，却依旧不改健康矍铄。

"太姥爷，是我，回来了……"几乎哽咽的嗓音不由自主地从我的唇齿间迸出，原本被寒风息了温度的脸颊此刻也滚烫起来。我向来冷静理智，却仍然跨不过太姥爷这道坎。

"吱——"低沉的声音在重木板与铜轴承的碰撞中发出了富有历史感的声音。略显陈旧的大门徐徐向后转去，月光从门口石狮子的头顶转向院内的那个假山屏风上，给夜色下那个如青松一般高大的身躯镀上一层高洁的光。

当这一切就这样真实地映入眼帘时，我眼前已不知被何物濡湿，朦胧了眸光。

"哭什么，进来呀！来给太姥爷看看有没有长胖啊？"老人的脸上布满了沧桑的沟壑，浓密的白眉分明在我上次回来时才刚有些长，而如今却已快垂到颧骨了，这加深了他的慈祥。

我早已说不出话来，只怔怔地看着那双饱经风霜的眉眼，在夜色下闪烁着说不清道不明的光芒，缓缓地漾开了月光。

后来，我回味此刻的场景时，才慢慢明白：那应当是一个人在即将听到动人心魄的往事之前，会自然怀有的一种震颤人心的异样感情使然。

明天，是太姥爷九十九岁的大寿。

今夜，记载着几十年的卷轴在老人的口中徐徐展开。

第二盏　前尘往事

赵寒烨和凌惊珩，是包办婚姻的青梅竹马。

按照常理来讲，这对璧人必然会从"情投意合"到"举案齐眉"再到"白头偕老"，虽然这二位用了十几年的时间，愣是把第一步改成了"打打闹闹"，但这并不妨碍终局的美好。

前提是，如果没有战争。

日军常年的"军事演习"已经让东北的民众放下了戒备，他们逐渐从最开始的害怕，变成了后来"这些小鬼子真能闹腾，天天搞演习"的想法。然而赵寒烨向来灵敏的军事直觉告诉他，这件事情必然不会那样简单。

一个海岛国家会为了什么而远渡重洋带着军队跑到邻国的土地上，时时刻刻搞军事演习？

答案其实很明显。

而这一切，一直到那个九月的夜晚，一个"中国士兵炸毁铁路"的冠冕堂皇的理由一夜之间摧毁了旧时万家灯火的情和酒，才让这一切的答案慢慢开始显现。

"沈阳沦陷了整整六年了，北平是不是也……"凌惊珩秀丽的眉毛因手中报纸上醒目的大字而紧紧地蹙起，右手白皙的手指搅弄着衣摆，惶恐和不安毕现。

赵寒烨起身复又蹲下，抚去妻子紧蹙的眉头，展开他一如既往令人如沐春风的笑："军队会保护我们的。"

"火把终会照亮这片寒夜。"

凌惊珩对丈夫的说辞将信将疑，却还是注视着丈夫素来能给她安全感的英俊眉眼，转身放下手中那张报纸，扑向他的怀中："其实我……可是军队的力量早与之抗衡，沈阳就不会……"凌惊珩最终还是把那个不合时宜的消息收了回去，复又开口："九哥，我们该为国效力，你回头还是回复将军，答应去军营吧。"

凌惊珩没有想到，她到最后都没有亲口把那件事告诉他。

窗外，胡同里仍旧酒香四溢，缺月挂疏桐。

第三盏　国仇家恨

"然后呢?"我听得专注，却莫名有一种压抑的情感萦绕在心头，挥之不去。

"然后……你太姥姥在家专心搞她的生物医学研究，军队履行诺言派了几个专人保护她。我作为所谓的专家，为军队提供军事意见，每周可以回去两次。所以我和你太姥姥过了几周还算是比较安定的生活。"太姥爷的眼里忽然升起一阵异样的色彩，似是悔恨又似是压抑。

"可是那时候，她竟然还是，没把那件事告诉我……"

赵寒烨和其妻从日本学成归国后成婚，时人谓之"金童玉女"。这样一位名声在外的军事人才，政府和军队对其进行保护和争取，但赵先生因为顾虑家庭，一直没有明确地答应或者拒绝军队的要求。

但沈阳沦陷后不久，赵先生和夫人忽然郑重地回复了将军，表示愿意为国效力。

赵寒烨因军事需要离开北平的那个晚上，凌惊珩辗转难眠。

"夫人，睡吧。"富有磁性的声音自她近旁响起，带着慵懒和诀别的无奈。

凌惊珩最终还是选择让他少一分挂念。只是腹中这位出世时，怕是见不到父亲了呢，她想。

寒风吹雨，闯进了赵家的窗扉，透着凉意。

第四盏　生离死别

三年后，赵寒烨乘飞机到新陪都重庆。

想到马上要见到久别的妻子，赵寒烨就万分激动。他早早地整理好三年里两人的家书，在飞机上又从头再读了一遍。

所以当赵寒烨见到两三岁的、几乎和他长得一模一样的男孩时，内心已是喜不自胜。

小七啊小七，你倒真是给了我一个惊喜。

难怪那最后一封家书显得有些与众不同。

她的小楷笔势向来稳健，可是这封略显潦草，最后竟还有几笔歪歪扭扭的，说什么以后要去各地多多学习，就不多写信给我了，到时候还要给我一个惊喜，真是。右下角那滴泪痕有些凌乱，想是她怕我担心又自己抹开了泪吧？思念成疾再加上重逢的激动，傻瓜，给我留了个嘲笑你的把柄咯。

"叔叔，你找谁呀？娘出远门了，你可能要等等。"他踏进门来，见那男孩的眉眼和他几乎一致，赵寒烨心中已了然三分。

"这位是令郎，尊夫人拟的名字是霁燃。"年轻军官低眉答道，他低低埋下的头颅像是在隐藏什么。

"凌医生呢？上次的信里说今天回来，怎么孩子说她又出远门了？"

"尊夫人……上个月在前线救死扶伤时壮烈殉国了……赵先生节哀。"

"我看到她衣冠冢的时候，才算知道自己才是最傻的那个。"苍老的声音开始颤抖，太姥爷的眉头有些抽搐，"以至于后来，我总是怕看见你姥爷。"

第五盏　照彻寒夜

谁告诉过他那是永诀，这些战争明明从一开始就错了，却要用更多的血肉去堵住那已经决堤的家国，而他看见这些却无能为力，最后竟还搭上了她。

谁来告诉他，那看似温润柔弱的妻子内心坚韧的力量会在他离开以后燃起最悲壮的光芒；谁听说过这等荒谬的事，医学博士亲自上前线救死扶伤，居然在混乱中被敌军有预谋地掳走？

他们只是告诉他，她自知回归无望，便选择放弃敌方优厚的待遇，一心向国；他们只是告诉他，凌医生假意以劝说其夫为由，写下最后一封家书让敌军寄出后，拿出了早早为自己研制的毒药，一心求死；他们只是告诉他，她为了防止自己服毒失败再陷囹圄，特地趁看守她的军人不备，跳入湖中时咬破了藏在指甲缝里的毒丸。

赵寒烨跌坐在地，他早已听不清周围一切声音，只看见那个女子，在时空的回廊里，遥遥地朝他笑。

他看见她妾发初覆额的年纪，他郎骑竹马来："小七，和九哥家里一起去蜀地听讲学？"

他看见异乡的月光里，她也曾风露立中宵，透过窗纱看他对着地图，指点江山意气风发。

他看见她在他的毕业演讲结束后，洋溢着幸福的泪光向他奔去，不顾同学们诧异的目光扑进他的怀中。

他看见她在诀别的那个夜里，因抽泣而浅浅起伏的瘦削背影。

最后，是在北平火车站汽笛鸣响时，他跑下来拥她入怀中的泪光点点……

第六盏　我心惊珩

日本军营。

凌惊珩呆滞地望着凄冷的月光，身在敌营，却感觉好像回到了留学那段时光。

"凌医生，你为什么不愿意和我们合作？"又是那个日本女大佐的声音，从昨天起就是她用不同的方法来劝说她合作，凌惊珩觉得如果她是个意志不坚定的人，凭这个女人的口才或许已经被说动了。

但很可惜，她凌惊珩的信仰很坚定，她现在只嫌她聒噪。

"你在我们大日本帝国学习，成就了你今天精湛的医术。你现在又来对付我们？你难道不觉得良心有愧吗？"女人换成了日语对她说道。

凌惊珩忽然一回神，昔日智慧的眼眸重现，只是掺杂了眸底的几团怒火。

"良心有愧？你们曾派遣唐使远渡重洋来访我们大唐，语言文字、茶香棋道、佛教文化……哪个不是曾经从我们这里学到后才发展的？你们用学习到的我们的文明去发展，现在却反过头来欺凌我们的人民，这才是良心有愧的讽刺吧？"

日本女大佐的眼里闪过几分错愕："我们是为了大东亚共荣来拯救你们!"

"懒得和你多说，我要去室外散步。"

"送她去!"女大佐扔下一句命令，扬长而去。

凌惊珩用右手拇指搓捻了一下食指指甲缝，感觉到那些小颗粒还在，起身，出了军营。左右是军官死死地监视着她，凌惊珩漠然，勾起一抹凄然的微笑，平静地走向那片湖水，忽然绝望地看了一眼头顶的月光，毫不犹豫地咬破了指甲，以最快的速度坠入湖中，刺骨的寒……

那天，北平的胡同里再次飘起了酒香，明月冲破了乌云，一片皎洁。

第七盏　未来已来

昨天，所有人都回来为老爷子过了九十九岁的大寿，太姥爷虽然就我姥爷这么一个独子，但父母这一辈确实还有好几个兄弟姐妹，一时间冷清的四合院热闹无比。

因为港珠澳大桥建设最后关头不得松懈，我作为科研人员，只是稍做了两天停留。但那个关于太姥姥的"禁忌"，那个我从小都没听人提起过的凄美故事，会永远在我心中，替我陪伴着太姥爷。

也许正是那个故事里所蕴含的精神，凝成了我们家现在的模样。

姥爷姥姥是新中国成立后的劳动模范；父亲母亲是改革开放浪潮里冲锋在前的金融战士；而我，因为有从小被太姥爷培养出来的建筑艺术细胞，可为新时代的路桥建设略尽微薄之力……

正是这个民族有千千万万个这样的家庭，他们用了几十年铸就了今朝的进步。

这个20世纪曾经弱小的民族站起来了，那群有着共同名字的"炎黄子孙"背靠着倾颓的村庄，不惧死亡，用血肉筑起了新的长城。

毕竟千百年前，弱小的民族曾经也是万国来朝。

首都机场的灯光唤醒了在出租车后排小憩的我，我急忙提了行李箱，扫了师傅的微信付款后下车。

这不知是第多少次，我趁着夜色离开这片土地，却还是忍不住仰天凝眸。北京的天，总能清楚地看见云海层层翻涌，繁星放芒。飞机带着低沉的轰鸣声呼啸而过，划出一道浅浅的慢慢消失的弧线。路旁的植株一阵战栗，带起一阵似有似无的风。

我的头顶，是星河漫天，明月高悬。

明月冲破乌云，一片皎洁。

—— 墨痕诗香 ——

期　待

聂　玗　高 2008 级 7 班

期待犹如一朵含苞待放的花蕾，需要用心浇灌，赋予它生命的意义，它才能绽放！

——题记

若是梅花少了它对温暖春光的期待，哪能成就它"不畏严寒独自开"的高洁品质？

若是小草少了它对夏日阳光的期待，哪能呈现出茵茵草地、绿色海洋的美景？

若是蝴蝶少了它对蜕变后美丽的期待，哪能有破茧而出的那一个瞬间？

期待春光，期待夏阳，期待美丽，这种种期待构成了它们生命的意义。

陶渊明，他正是怀着对不受世俗束缚地生活的期待，怀着对祖国山河美景的期待，毅然选择了归隐，选择了"采菊东篱下，悠然见南山"的恬然生活，成为后人广为传颂的高洁诗人代表。期待，成就了陶渊明生命的意义，也成了他生活的乐趣。

历史的长河波涛滚滚，翻开长长画卷，才发现：

"会挽雕弓如满月，西北望，射天狼"是苏轼对豪迈生活的期待。

"对酒当歌，人生几何"是曹操对成就霸业的期待。

"问苍茫大地，谁主沉浮"是毛泽东对建功立业的期待。

他们的期待，铸就了他们的成功与辉煌，成就了他们生命的意义。

期待是火，点燃希望的灯；期待是灯，照亮前行的路；期待是路，引领着心怀期待的人们找寻生命的真谛。

万千事物，期待各有不同。他期待初升的阳光，照耀在他虚弱的身上，暖洋洋的，这是对"生命"的期待；他期待金黄的麦田，想象着那些金黄的麦穗领着他那枯瘦的身躯在麦田上舞蹈，这是对"丰收"的期待；他，期待着能一睹普罗旺斯那片薰衣草的美景，重复着"执子之手，与子偕老"的誓言，这是对"真情"的期待。

溶溶水，淡淡风，无论你是否愿意，很多事物终会随风飘逝，唯有心中不变的期待，成为生命与生活的乐趣。

取得成功的期待，那便是站在巍巍高峰，眺望山底渺小的事物，并继续努力保持自己的成功。这些期待，便成为成功者生活的支柱与乐趣。而奋斗者的期待是凭借着自己的努力与汗水，用心浇灌自己洒下的种子，期待着终有一天，这些种子能生出根，发出芽，开出胜利的花朵。这些期待成了奋斗者生活的支柱与意义。

期待，期待着胜利的阳光洒满心田，期待着美好的花香沁人心脾，期待着冬日的阳光暖彻身体，期待……

只要心中有花，在怎样的荒地上都能春色满园。只要心存期待，在怎样的环境中都能感受到生活的真谛。

树德赋

廖蒙莎　高 2010 级 24 班

巴蜀沃土，人杰地灵。西连青藏，北接秦岭，群山相拥，百川汇集。峨眉青城秀于五岳，九寨黄龙惊艳寰宇。

树德奇葩，傲立于巴蜀沃土之上。于树德之巅，西望雪山，雪卧巅峰，再望冰川草原，更是千里浩渺，广袤无垠。

蓝天白云，与树德沃土相接，金乌玉兔，于树德上空演绎传奇。日月星辰，于树德之上，谱出绚丽华章。

古人云："山不在高，有仙则名。水不在深，有龙则灵。"诚树德为青山一角，其必有众仙居，若其为一汪绿水，则其中必有蛟龙在也。

天府之国，孕育树德，树德沃土，孕育秀才。树德学子，书声琅琅于旭日东升之际，挑灯苦读于月明星稀之时。

斗转星移，八十春秋，树德桃李满天下。堪回首，峥嵘岁月，树德前辈，饱经风霜。现如今，树德奇葩，绚烂绽放，巍然屹立。

树德人心存大志，延绵不绝，代代相传，矢志不移——小胜在智，大胜在德；低端在智，高端在德；近利在智，长远在德！

写一纸流年清欢

杨钦澜　高 2017 级 6 班

纸，何谓纸？

彼时我笔尖亲启，摩掌间的柔情是纸，散落在书桌旁的一摞繁华落寞的亦是纸；每当我们静心而坐，眼前看的，手里握的，皆是纸。

梁武帝曾咏纸："皎白犹霜雪，方阵若布棋，宜情且记事，宁同鱼网时。"宜情，宜情，这霜雪上的宜情，从纸的开始，再到有情之人的手中，浓墨翻飞，写尽千年倾城事，处处皆是情。

本身即情，匠心入骨

我想，要讲这纸上的流年清欢，便要从造纸工作者的心声说起。从古至今，能造纸又能题诗于纸的人，可谓是寥寥无几。元代的顾英则是其中之一，他曾赋诗："蜀郡金花新著样，剡溪玉版旧齐名。荷君寄我黔川雪，犹带涟漪泻月声。"诗人的本意我未曾知晓，但每每我念及此诗，就仿佛有一张黔川雪一般的纸，清柔寡淡，是时兴的蜀郡金花，仿佛还带着水漾涟漪倾泻而下的月光，在手中分外轻薄，不盈一握。

世间最妙必是匠心，除了皎白如霜雪的纸，还有青绿的苔纸，玉面般的澄心堂纸，以及柔润的春膏纸，皆是匠心独具的一道芳华。

薛道衡曾咏："昔时应春色，引渌泛清流。今来承玉管，布字改银钩。"此诗咏的是隋朝时期的一种特殊的苔纸。此纸春时制作，引来绿波洗涤。清幽的纸上，要如何妙字方能提笔其上？玉管一挥，哪怕布字也能转银钩，宛若清浅绿山上的碧竹春生。

曾极的一句"楮生玉面务深藏，未肯横陈翰墨场"，便将这澄心堂纸描绘到极致，肤卵如膜，坚洁如玉，任笔尖随意挥洒，亦自成色。陈樵笔下的膏润松雨、夜砧捣玉的春膏纸，同样不可方物。

多少的流年，才能造就这样的纸，如霜雪、如绿苔、如坚玉、如膏脂。每一张纸都有一个故事，纸的出现本就是一份情，纸绘的诗最终又归于纸上，仿若一个轮回，缠绵不休，柔情入骨。

纸上宜情，翩飞不灭

"幸有旗亭沽酒，何妨茧纸题诗。"古往今来，多少文人墨客将一生的流年清欢、悲欢离合归于一纸之上。正是如此侃侃深情，才让这纸更有了人情味，生生不息。

"老妻画纸为棋局，稚子敲针作钓钩。"诗人杜甫与其妻杨氏，可以称得上是一生一世一双人了。三十年来相濡以沫，在那个年代是不可多得的。众人皆知杜甫仕途不顺，生活清贫，闲来爱举棋，好似绘天下格局。偏天意不喜与人圆满，那时的檀木棋盘是不属于杜甫的。而为人妻自了然其夫之意，便取来霜雪白纸一张，提笔绘棋局。诗中没有描写夫妻二人对弈的情景，但我能知晓，那纸上承载的，不仅是黑白两子的间落，更是他们交织三十余载的深情不悔。

后来世事沉浮，局势动荡纷乱，杜甫与妻子遥隔千里，彼时也只能咏一句"老妻书数纸，应悉未归情"。跨越千里而来，纸上不再是当初其乐融融的棋局，而是道不尽的思念与牵挂，握在手里的这份沉甸深情，是杜甫客居他乡的心头朱砂。

除了远隔千里而不能言传的情归于纸上，亦有"片言谁解诉秋心"的苦衷，道不出，说不清，那便是曹雪芹。千般思绪哀怨无人可以倾诉，亦只能"满纸自怜题素怨"，无法言语的苦情便只能以浓墨归于纸上。此时的纸，是诗人唯一可以吐露心声的挚友。

更有人叹命似纸。生如白雪，不绘不雕。"宫中尚有如花人，不赂画工命似纸"，此句咏的是王昭君，那位纸一般的脱尘女子。不赂画工，任命运的风飘向遥远的边塞。

如此，平凡的深情、遥寄的思念、心中的苦愁、命数的更迭，皆以纸为船，扬起流年的帆，在岁月的河流中生生不息。

谁知纸上无穷意

心怀天下却轻鸿，无语柔情动苍穹。纸上，唱挽过多少世事无常、人间悲欢。"谁知纸上无穷意？"真正的情太重，无法狠心压在心头，就执玉管弄墨，将它留在纸上。所以才有"寻常夜月窗前见，此度秋风纸上看"。只言片语间的流露随处可见。唯有那无法言喻的情，才是纸上的风景。

"纵使文章惊海内，纸上苍生而已。"历经世间千百桎梏，最终也要归于纸上，由淡淡墨香掩一世芳华。

千彩总是意不定，一纸千载风华诵。别做一块石头，压住了它的轻盈与态意。一张纸的魅力，美丽，神奇，深邃。

而彼时，你又从我的这张纸上读到了什么？是归于纸的情，还是深刻入骨的纸？

平生往复，要写一纸流年清欢，方才圆满。

在路上

胡兰霖　高 2011 级 5 班

当冬虫涌上窗纱，我走在春潮涌动的路上；

当细雨敲打窗棂，我走在夏意温润的路上；

当桂香浸透窗楣，我走在秋光充盈的路上；

当香雪浸上窗台，我走在冬白纯净的路上。

立春·樱花落

一片樱花拂过氤氲的阳光和浮尘，飘落在地。我还在桃红的海洋中憩息，指尖触碰《红楼梦》古朴的质感，洋娃娃披散着头发安静地陪伴着我。老师那双温暖却不细腻的手忽然拉起稚气懵懂的我步入小学的殿堂，小学生活就在老师甜美的声带振动中拉开了帷幕。

樱花夹杂着老师的关心，飘落在我成长的路上。

夏至·桑树下

蝉歇斯底里地在桑树婆娑间嘶鸣，我被沉闷的热气裹得喘不过气来。明晃晃的白炽灯下那个鲜红的分数时而将我的骄傲展现得一览无遗，时而又让我心如刀绞。父亲迈着蹒跚的步子走进书房，几句苦口婆心的教导之后，他开始同我一道钻研试题。宁静的深夜，只有父亲低沉的声音盘旋在书房上空。

桑树叶裹着父亲的爱，散布在我成长的路上。

秋分·梧桐雨

成熟的麦子低着谦逊的头颅，天边的火烧云与熟透的红高粱遥相呼应，初中生活井然有序地进行着，学校与家两点一线的生活我过得有滋有味。傍晚，妈妈照例在小区外那棵梧桐树下等着我。她弯下腰，我散落的鞋带在母亲白皙的手中穿梭，仿佛有数不尽的悠长。

梧桐树携着妈妈的体贴，伫立在我成长的路上。

小寒·寒梅傲

窗外的蜡梅咬着牙伫立在寒冬腊月，坚守着一份萧条。偶尔一两声汽鸣扯破了苍穹的肃穆，我还在书山中、在题海中奋勇前进。突如其来的手机振动，电波送来的关怀跃然眼前，我嘴角微动，上扬出最美丽的弧度，朋友的关心总是准时送到。

蜡梅带着朋友的情谊伴我走在成长的路上。

风从水上掠过，留下粼粼波纹；阳光从风中穿过，留下丝丝温暖；骆驼从沙漠踏过，留下深深脚印；你们在我成长的路上走过，留下数不尽的感动……

我爱我的江南

佚　名

一刻的喧闹，除了雨，还是雨。这样的雨天，心情又能怎样？

或许，是因为自己只见过江南那缠绵悱恻的雨的缘故，面对此刻成都这久违的雨，我居然会这样的心烦意乱。

我见过这雨，那是一场几乎就感觉不到的雨，轻柔得几近缠绵的雨，完全不用伞的雨，像极了垂下的柳枝。或许，是雨给这柳的生命，而这柳，让这雨变得更加妩媚轻柔。这雨让西湖蒙上一层淡淡的纱，恬静中多了几许娇羞；这雨又让塘更添韵致，黛瓦青砖，小桥流水，颇有些诗情画意。

而此刻，窗外的雨却比江南细雨更多几分气势，却如它一般的缠绵，或许雨便是江南的性格吧，净得不染一丝埃。又许是因为将心中的那一份对江南深深的眷念都写了出来的缘故，便不再那样的烦乱了。

幻城·楼台烟雨

梦中的江南小镇，会有湿漉漉的青石板路、卖酒酿小吃的特色小店、年轻的不沾尘世的懵懂少女，还有那在古朴单纯的小桥流水间遗落的记忆。

那里有漂亮的蓝印花布，那里有静静摇着的乌篷船，还有躺在水上的石拱桥，还有《似水年华》里文和英的爱情。

记忆中的西塘，如水上浮起的淡淡星光，和这些美好的片段一样。

也许我对西塘只是匆匆一瞥，看见有些特色的，我便不停地按下快门，留下的只是些泛黄的记忆。那堂楼式的小院、石库门、风火墙、精巧的瓦砌花墙，那高爽的临水阳台、逐级而下的河埠、宽敞的厅堂、雅致的书斋、古朴的卧房，还有那艺术味浓浓的偏室、家家一座的小花园……小楼前临街，后枕河，河边粉墙黛瓦，垂柳依依，几多的江南风物，几多的诗情画意在其中。不经意地回头一瞥，月亮不知什么时候已然悄悄爬过了树梢。忽然间摇曳起来的灯光，洒下一地的幸福与安宁。也许，这便是江南吧。西塘的韵致给了谁呢？是住在那里几世几代的人们，是形状不一的小桥和清清浅浅的流水，还是从四面八方赶来的异乡人？应该是楼台烟雨吧，纷繁多姿，历经百年依然恬淡，从不知道江南有那么深长的意味，如光影交错，一切就这么朦胧着。一场雨，飘过一整个雨季，那些淡淡的相思、茫茫的愁绪融化在其中，渐渐地变成黑白的底片，早洗去了所有的印痕，泪水、笑容、回忆都已远了，如一幅泼墨山水，细雨湿流光。

江南雨，江南真的那么多雨吗？

或许陆游与唐婉相遇的时候，也是那般艳丽颓败的暮春时节，胡琴咿呀，颓靡红尘，没落世家。原来姹紫嫣红开遍，到头来，似这般都付与断壁残垣。携手几度游园，却只是惊梦一场。真正是良辰美景奈何天。花常落，人易老，岁岁年年，暮暮朝朝，红颜弹指老。

我们最容易怀念的，只有心情。而最容易忘记的也是自己的心情。那些波动的岁月，总是在看到别人的故事时才在心底浮现。相册里那些发黄的旧照片，曾经带着枫叶气息的日记本，静静地躺在深锁的抽屉里，什么时候，我们会再有空去翻阅？

写下这些散淡文字的时候，我看着窗外，蓉城月夜，美景如诗，突然明白了时间的流逝，也就是这样在无意识中发生，不知不觉地改变一切。我们有时也常常想起过去的生活，想起经历过的往事，想起去过的地方、曾经遇见的人。那些踩着落叶上学的日子，留下的也就只剩下细雨中流光的记忆，一丝丝，渐行渐远。

不以物喜，不以己悲，看着那些风风雨雨，从容而淡定。原来，这才是江南。

顿悟·似水年华

到现在，我仍然相信江南是一个美丽的小镇。

而我们所追寻的，也是如江南一般的那份恬淡与闲适吧。而这一切，或许在西塘的那个蓦然回首中就已寻到，在那一刻，伴着霎时灯火的绚丽景致，我读懂了你，我的江南。

是的，我们都曾住在水乡，看年华似水，似水年华。

咏史——《天府的记忆》观后感

王悦笛　高 2010 级 10 班

望帝提剑入华阳，郫邑瞿上固金汤。

不惧蜀道山水恶，但教文美胜芙蓉。

蜀水漾情情不尽，请君击节细端详。

锦江侧畔望江楼，楼外风烟接素秋。

李冰太守赴西川，披蓑执锸不计年。

仙篁试隐薛涛井，人去井空江自流。

江头澜怒风波恶，不唱一声行路难。

后蜀孟昶才情佳，满城净植芙蓉花。

秦堰遂成留佳话，蜀中自此保平安。

花开粲粲齐云锦，锦官花重羞落霞。

文君皓腕正当垆，求凰公子乃相如。

天旋地转到明末，建国大西花尽落。

一琴一赋平生意，《子虚》《上林》古今无。

尸横市曹雨潇潇，血溅粉堞风索索。

相如文君骨已灰，汉家王气掩蒿莱。

昔时酒肆成荒台，万民诛尽填沟壑。
佳人才子今何在？明月犹照古琴台。
牧马山前草离离，摸底河边林凄凄。
汉末群雄乱三分，九州处处皆征尘。
登高不见南北客，唯有时时杜宇飞。
准有南阳诸葛亮，一巾一扇定乾坤。
历史烟尘黯然消，空余遥岑锁寂寥。
请看今日武侯祠，香烟犹自绕庙门。
昨日英豪乘风去，才人还须看今朝。
太白子美兼放翁，寻诗觅文游蜀中。

当 归

赵思涵　高 2016 级 7 班

《江城子》　苏轼

十年生死两茫茫，不思量，自难忘。千里孤坟，无处话凄凉。纵使相逢应不识，尘满面，鬓如霜。

夜来幽梦忽还乡，小轩窗，正梳妆。相顾无言，惟有泪千行。料得年年肠断处，明月夜，短松冈。

子瞻轻轻剪断了书案上的烛芯，跳动的烛火跌入蜡油中，化作一缕青烟，透过窗棂。元宵节的喜悦气氛还未散去，可灯谜烟火、舞龙耍狮都不是他的。昨儿，他只是一人，一轮孤月下，放了一盏孔明灯。

他轻叹一声，沉沉睡去。

初春的晚风携一瓣淡色的桃花，悄悄送进他的薄窗，桃花打着旋儿，停在他脸上，替他驱走了残冬的寒冷。月光如瀑，倾泻而下。

"谁？"子瞻惊坐起，环顾四下无人，只有一瓣飘飞的桃花。

"呼——"他的灯笼忽的亮起，火焰鲜活地在笼纸中跳动。起风了，越来越多的花瓣灌入子瞻的卧房，延绵不绝，铺就了一条通向屋外的路。子瞻起身，提起灯笼，怔怔地就去了。

空气中有他熟悉的味道。

子瞻追随翻飞的桃花，不知到了何处，只见一条长河，岸边站了一盏孤灯，水雾弥漫，月光凄冷。一个蓑衣老人，撑来一叶孤舟，笑语："汝来，吾摆渡。"

他上船。渐渐地，远方漂来一片五色的河灯，蔓延在整个墨石般的河面，如同点亮黑夜的繁星。子瞻看痴了，空气中，那股清幽的熟悉的味道随水汽涌入鼻腔，他一时说不出话来。老人不着痕迹地笑了笑，幽幽哼着船歌："当归，当归……"

至彼岸时，天已亮。子瞻下船，摇橹声渐远，他走进一座庭院，眼前一亮。

院不大，却被主人精心打理，时间仿佛在这里凝固，只剩静立着的一圈篱笆，看尽朝阳和晚霞。时下春之晨，阳光融融，庭院中有一棵桃树，树冠舒展，桃花正盛，灼灼其华。屋檐下窗棂斜映枝丫，一位女子坐在梳妆镜前，朦朦胧胧，让人看不真切。

子瞻大惊，泛黄的记忆慢慢变得鲜活明亮。他能清晰地听见心脏怦怦地跳动，他能深切地感觉热泪一行行划过脸颊。他不敢走太近，亦不想离太远，他静静立在桃树和那扇小轩窗之间，良久不言，看得出神。

阳光照耀在她身上，明媚静好。那女子方才靧面，青丝简单地往耳后一拢。一双素净的纤纤玉手，勾出浅浅远山黛。一对明眸不加修饰，朱唇些许颜色，淡妆更显素雅气质。女子身上淡淡清香和着桃花飘散，引得子瞻眼中泪水盈盈。她朱唇轻启，哼唱着歌谣："桃之夭夭，灼灼其华。执子之手，与子偕老……"

子瞻小声地和鸣，春风又起，桃花穿过他的肩膀，吹拂到女子的面颊上。女子轻轻转头，子瞻一时手足无措，他本想转身遁去，谁料想，刹那间，二人四目相交。

往事如潮水，兼天涌来，子瞻只觉贯心一箭。

相顾无言，欲语又迟。他牙齿死咬着下唇，终究低下了头。

十年了，岁月不曾蹉跎她半分，风霜却沾染了子瞻的双鬓，留他满面世俗的灰尘。他怕吓着了她，又挪不动自己僵硬的双腿。子瞻朝思暮想的她，就在眼前，梦回再梦回，辗转又辗转，秋来心伤，夜来断肠，这里是他多么想要回到的家！

那些远方遥不可及的东西，他不想再追逐，他只想留住近处的当下。当归，当归。

子瞻真的累了。

女子见状，轻轻低头，拭去泪水，亦极力掩去悲哀神色。

"夫君。"她轻唤，子瞻缓缓抬头，"你随我来。"

女子踏桃花而去，子瞻随其后，忽又昼夜逆转，皎月缀苍天。他们来到一座桥前，桥边坐着一位白发老妪，谓之孟婆，桥下是裂谷断崖。女子盈盈笑着，接过了老妪递给她的一碗热汤。

"我一直等你来。"女子转身向子瞻微笑，万般柔情，"如今你我总算再相见，一解相思之苦。"

"娘子，世事多烦忧，我随你于此吧……"

"然此非夫君当归之时。适时进退，归远有时，归近亦有时。夫君四十而立，志在远方，尚有大好前途。此时应归远，切勿溺近情，望君勿挂念……"

"娘子！"

语罢，女子举起汤碗，一饮而尽。她转身，最后一回眸，化作一片飘飞的桃花，直到桥的那一头，再寻不见。

"娘子——"子瞻倒地痛哭，肝肠寸断。

再醒来，子瞻身处卧房之中，枕上泪痕未干，他陷入沉思。

公元 1056 年，苏轼进京应试，文章豪迈，文风清新，一时名动京师，仕途起步。

公元 1065 年，苏轼结发妻子王弗病逝，他悲痛欲绝。

十年后，正月二十日夜，苏轼梦回故乡，再见亡妻，提笔作《江城子》，为后人传颂。

公元 1079 年，苏轼深陷乌台诗案，几经宦海沉浮，他被逐黄州，心灰意冷，回归文学与家庭。

公元 1082 年，苏轼于黄州作《赤壁赋》，忘情山水。他带领家人开垦城东之坡地，种田帮补生计，别号"东坡居士"由此而来。

公元 1083 年，解衣欲睡的苏轼去了一趟承天寺，同怀民漫步，作《记承天寺夜游》，仍见其进取之心。

公元 1101 年，苏东坡留政绩无数、文字万千，逝。

他穷极一生，追逐了所谓之远，亦留住了所谓之近，适时而归远，适时而归近，进退自如，达到后人未及之高度。

人的一生，有远方飘忽的梦，有近处真切的情，在远与近、追逐与停滞之间，世人徘徊之。如若明辨当归之时，亦少遗憾与痛惋。

子瞻如是。

国　色

祁应基　高 2018 级 8 班

青毫

轻启尘封你的箱箧

光滑的笔杆不落尘纤

工笔雕刻，丝丝入眼

又唤醒你于苦想冥思间

无端世界

苍笔圈圆也受牵连

饱蘸浓墨的笔尖

却在利禄功名中被忘却

青山近点

境界似深似幽远

漫天飞雪

意蕴品味从中现

了了勾画，默默回旋

莫名的画卷，也沾上了世俗的不洁

傲骨的你锋芒直刺入眼

奈何尘烟

行云流水恰若含苞初现

起收的瞬间也是心境湮灭

断桥凝月

寂寥的钟声也在风中了却

玄墨

绿树，山林，小涧

落花，篱笆，独院

黑色拓片

向人们述说着不同的时间地点

层层渲染，泼洒墨点点缀着从前

单调的世界

生命在砚中旋转泯灭

积墨成片

躯体蔓延也滋润时间

一幅写意的长卷

一幅流传的笔帖

几尺朱砂留痕于间

走笔天涯你在所不倦

加水调解

镜中化开文明的沉淀

你的容颜

黑色掩盖无法从中分辨

墨迹湿了千年

未干的是你一行浊泪润在行间

明暗忽变

紫宣

沿着破碎的辙迹

深浅脚印

嗅着泥土的气息

拜访千年的你

蔡府门前早是车马人稀

触着你

清晰的纹络抑或骨骼身躯

草本木本的骨骼神经

同样滋长和在大地延续

笔尖流泻的写意

被你存放进眸里

山水奇异，花鸟低语

背后的孤独守望是你

残碎身躯，遒劲的笔记

却不知被装裱的只是肉体

岁月剥落的残缺

灵魂深处的轴卷

案旁紫宣

没有提序的扉页

仍旧是两色的世界

梦里飞花逐流水——忆孔明

邱　苹　高2011级4班

今夜，

让我在梦与醒的边缘，

烧一炷香，去穿越岁月的浮云，陷入亘古的回忆……

你，可见我踏着夜风的脚步伴着悠悠的清影，为你涉水而来……

你可知晓？

我是怀着怎样的感情，

在记忆的长河中找寻你的身影，

和每一段经典流传的故事……

穿越时空，

望不尽那几许深深，再思量，却激滟了心神。

我，

是你窗外三月的烟雨，

一伸手，可将我带入你浩瀚的星河；

我，

是你门前翩翩的飞雪，

一弯腰，可将我拾入你无边的梦际；

我，

是那一把油纸伞，

撑起明星殆落后那一方流泪的天空。

如果，

青鸟有知，祈愿它，

飞越唐风朱雨，飞入你浅浅的微笑……

让那一卷长长的幽梦，

断裂成如诗的歌谣，化为永恒的绝唱。

只求……

能默默凝望你的微笑，

一如当年在城楼上独自面对千军万马的淡定从容；

只求……

能静静听着你的计谋，

一如当年在赤壁上大败八十万曹军的智勇双全；

只求……

能一直这样看着你的忠诚、你的睿智和无畏。

梦醒，

这千年之后，只剩我一人，对月空嗟，

然而，也庆幸，

我用心底宁静了然的心绪，

默默诵着上天的眷顾。

今夜，好梦，穿越千年，偶遇孔明。

在这千年之后的秋夜里，我思绪漫天。

诗悠悠，情幽幽，梦里飞花思不休……

点绛唇·秋思

钟秀兰　高 2013 级 3 班

一轮明月，吹破残烟入夜中。蓉城内外，烟火笙歌沸。

把酒问月，秋思落谁家？依楼前，万感齐，月圆人不圆。

桂枝香·中秋

何霁宇　高 2010 级 6 班

抱影无眼，帘卷门外喧，对门窗畔。月下竹声依旧，残烟笼天。往事浇伤弄影，忆尽从前，思绪绵绵。旧游似梦，相对无言，叹夜阑珊。

中秋之夜，气候如当年，皓月婵娟。次第岂无风雨？当歌留连。恍然梦醒迁延，泪湿青衫，沉香黯淡。明月素影，暮宴朝欢，憔悴萦绊。

停灯向晓，空惨愁颜。人生聚散，看透又如何？

小说国学

国学社

何谓国学也？大哉斯问！国学者，孔孟也？老庄也？禅也？义理也？文章也？汉服也？古风也？此问可谓：穷诸玄辨，若一毫置于太虚；竭世枢机，似一滴投于巨壑。① 直饶净名②杜口，仲尼无言，堪言相似也。然无言无说岂国学耶？古德有言："虽非有为，不是无语。"今试作一言。

国学者，道学也，独非老庄之道，实泰西③所谓求真者也。此道至广至大，洁静精微，囊括万有，离四句，绝百非。④ 一切圣人之语皆出于斯，万法流转皆归于斯。孔说归仁，孟说浩然，庄说道枢，释说真如。一切圣贤皆以无为法而有差别。⑤ 或曰："此道固圣人之境也，玄无空洞，吾辈实不敢希冀。"止，止！道不远人，人自远道也，百姓日用而不知。

---

① 穷尽言语辩论，像是一根毫毛放到虚空之中；竭尽世间的论述，像是一滴水投到大山谷中。比喻言语的渺小以及对象的广大。

② 净名，指居士维摩诘，在文殊问道的时候闭口不言，被文殊称赞，出自《维摩诘经》。

③ 泰西，即西方。

④ 离四句，绝百非，指描述真理的言语。

⑤ 一切的贤者与圣人只是因为领悟到道的深浅而在表现形式上有所差别。

毋高推圣境。① 然毕竟一句如何？"上穷碧落下黄泉，两处茫茫皆不见。"

修学者，正身者也，诚意者也，斋心者也，修辞者也，无不趋此道也。古德有闻言顿悟，有嗅花豁明；有睹明星而悟道，有临溪水而忘言②；修习已久，一旦豁然贯通，方知古人诚不欺我也。此可曰内圣其圣，外王其王；即此内圣外王，经纶天下可矣。然迨至今日，去圣时遥，教化难显，真理犹霾。今之学子，应勤读各方之书，汇百家之言，融东西之见，成自家之说，此可谓格物。后明心地，反于本心，或明明德，即古德所谓："一念回机，便同达本。"③ 此可谓致知。④ 然毕竟一句如何？吾来问道无余说，云在清天水在瓶。⑤

---

① 把圣贤的境界推崇得高高在上，自己达不到。另：其实圣贤的境界最后都是平凡，唐代青原惟信禅师有一段名言广为人知："老僧三十年前未参禅时，见山是山，见水是水。及至后来，亲见知识，有个人处，见山不是山，见水不是水。而今得个休歇处，依前见山只是山，见水只是水。"子曰："素隐行怪，后世有述焉，吾弗为之矣。"是斯义也。

② 闻言顿悟，指如禅宗慧能听《金刚经》至"应无所住而生其心"，大悟。

嗅花豁明，指一日黄庭坚从师出行，时岩桂盛开，师曰："闻木樨花香么？"黄庭坚曰："闻。"师曰："吾无隐乎尔。"黄庭坚释然。

睹明星而悟道，指释迦牟尼睹明星出时悟道。

临溪水而忘言，指洞山在过溪水时悟道，作《过水偈》："切忌从他觅，迢迢与我疏。我今独自往，处处得逢渠。渠今正是我，我今不是渠。应须凭么会，方得契如如。"

③ 可指休歇颠倒妄想，回归本性真心。

④ 格物致知之说从古至今各方争执不休，读者需自行斟酌。

⑤ 李翱参学于药山禅师，问曰："如何是道？"禅师以手往上指又往下指，李翱不懂，禅师便说："云在青天水在瓶。"

柘离枝

南　睿　高 2012 级 5 班

茜纱窗下，人本无缘，书尽层层心事后，又得换几番零落的收场。

偶然间回想时，仿佛还是旧日初逢时光，只为前缘不叙后事，不为谁断肠。

"与君初相识，便如故人归。"

只是没有人料到，相遇太过美好，反而会加深有朝一日花落人亡的悲伤。

他还是他，初见了她就欢喜，似是无意的一句"这个妹妹我是见过的"，便已注定了两个人的一生一梦、一死一生。

青梅绕床竹马来的日子太过短暂，时愈长愈惘然。光阴似儿戏，最是无情，榨不干人的思念，便会耗尽血肉之躯。曾经我想，若是黛玉并非如此病弱，她和宝玉之间是不是会多出一丝可能。后来才知，这场相遇在初时，便注定了分离。

他们的爱情悲剧，不在于所托非人，也并非彼此不够坚定，而是身不由己，青梅竹马的爱，抵不过世事流离。

在前期，贾母是极喜欢黛玉的，但是这喜欢仅限于对外孙女应有的感情。她更喜欢的是宝钗，这是真正的欣赏。她爱这个女子的明妍容貌，爱她的知书达理、庄重毓秀，爱她的玲珑心思和主流观念。她觉得宝钗才是适合这个大家族的孙媳、适合她自己的孙媳。宝钗和黛玉谁更适合宝玉，她不是老眼昏花看不清楚，而是与自己和家族相比，两个人谁更重情实在是太微不足道了。

而宝钗的存在迎合了所有人的需要，品貌才情、待人处事无可挑剔。宝玉大概也是对她动过心的。这个女人比起林黛玉、王熙凤，似乎更有一种内敛的智慧和风情。她会是个好妻子，但对宝玉来说却不是。

还有一个我一直无法忽略的推动者，是袭人。对于她，我难有太好的评价，花袭人似乎并非什么脾气温和又纯洁自爱的好丫头，和麝月、晴雯相比全非一个等级。而王夫人近乎偏爱的宠信，也让人绝不相信这单纯是因为她觉得袭人是个好丫头。袭人太自私，她明知宝黛二人情深至此，却从没想过让他们有情人终成眷属。而原因幼稚得实在可笑，她觉得自己日后定做姨娘，而黛玉是个不容人的性子，因此在暗助宝玉宝钗婚事上出谋划策。我实在不明白这女人看似心思缜密，怎么就不明白这么简单的道理，她花袭人和宝玉纠缠许多，黛玉又何曾吃过她的醋，她难道会看不出黛玉不喜看宝玉和宝钗湘云，只是怕她会有朝一日再也无法得见宝玉？黛玉的心意最是卑微，可她偏偏还来践踏。

而除却推波助澜的人，宝黛二人的才气傲气，太过出类拔萃，反而让他们在这污浊红尘中显得格格不入。对于不适的东西，环境自然选择的是改造，而不是让其相聚生长更盛。所以明明最是相配，却隔着万水千山。

七十回时，黛玉作《桃花行》，众人看了都道好。而宝玉赶来，先不道好，只怔怔地落下泪来。

便是她顾花自怜，风起残红零落，而他一眼望穿，无须多言。一首诗，读过的人那么多，真正读懂了的，却只有一个。

想起有一夜宝玉冒雨看望黛玉，两人调笑一阵，打趣渔公渔婆，多少情意尽收眼底。依依不舍归去，心道隔日还能再见，一起游园吟诗。而经过这么多年，群芳落尽，以她的冰雪聪明，怕是早已看出和宝玉间的吉凶参半、前途叵测。

这一世他们谁都做不得自己的主，大人们各有算计，而他们只有苦熬。

尘梦几许，柘因零落难重舞，莲为单开不并头。

我不知道宝玉在黛玉死去后想起她曾经的诗，该是如何的肝肠寸断。她并没有随着生命的逝去而离开。离别间接成全了爱情，她如那日桃花，年年开在他心头，看得到，爱不到，爱得到，护不到。

而之后的岁月中，他驻僧庐，托钵行，心如止水，身如尘埃。当年的渴念，已成哀伤。

柘枝三生三世缘，而别后，好风良月，往事无寻处。

荆棘鸟

衡世敏　高 2018 级 1 班

死亡在蛛网上无情震颤，恐惧张罗着酸楚的祭奠。

春风掀开了严寒的假面，瑟索着躲入颓唐的黑暗。

阴影盘踞吞没清风夜唳，人们栖息在孤伤的舌底。

荆棘攀附高墙沐浴日光，人类被上帝的造物斫伤。

一只手托举燃烧的蜡烛，警告着昧昧昏睡的旅人。

叹息溢于黎明前的曙光，朝圣的长旗正一路飘扬。

肆意的玛蒙蚕食着血痕创伤，千万双凡人的手筑成盾与枪。

白衣锦缎永远奔驰在昼夜交界，人的脆弱与神的旷达闪烁光芒。

飘忽的人生线络落下几针脚，爱这面铜镜在磨砺与擦拭下愈发明亮。

春风吹散了死亡的灰烬，紧贴地球的心脏磨灭虚妄。

苦难化为一只荆棘鸟飞越泥泞的昨日，

扇动今日的翅膀驾驭永无止境的爱与光。

—— 盛夏光年 ——

在岁月里沉淀

陈柳伊

它澄澈如初生的眸子，又深邃似无边的黑洞。

绸子般平整的水面把屋檐、蓝天和我包容进一眼古老的石缸里。称一"眼"石缸，是因为在日暮黄昏再无阳光照进时，这缸里的水便如爷爷深沉的眼睛——一双从漫长光阴里走来、微微一眨便可看透我的眼睛。

孩提时，便与老家堂屋里这眼石缸相熟，娇嫩的手掌抚过沟壑纵横的缸壁，沾上涩手的细砂。那时我只和石缸一般高，缸壁的罅隙里生出墨绿的青苔，把脸贴去，是一番沁人的冰凉。从前疑惑这样高大的方形石缸里藏着什么宝贝，直到有一年回去，才发现缸里盛满了清水……

此时我对这石缸的全貌又有了更新的认识。上口大，下底小，四周皆由石块打磨而成，孩提时所见的诸多沟壑，不过是时光年轮碾过的印痕，它本身没有任何修饰。这样老旧的石缸为何摆在代表着农家人颜面的堂屋里？

父亲笑道："此缸，可是咱家的'传家宝'！不知自何时起，这缸便一直守在这儿。自我爷爷那辈儿都吃这缸里的水长大哩。这舀水啊也有讲究，得拿瓢葫沿着缸壁，将面上的清水一圈圈舀起，万不可惊动了缸底的水……"

"是因为泥沙都沉淀到下面去了吧？"我抢着说。

"是呀，沉淀下去了……"父亲若有所思，"那年，我成了村里第一个大学生。临走时，你爷爷什么也没说，只是把我拉到堂屋里，悠悠地舀这石缸里的水给我喝。我是明白的，往日他老教导我做人要像这水，沉淀后才能成有用的人。以后啊，每当被城市里的热风吹得浮躁，被炫目的灯光迷糊了眼，便回来照照水里的自己，就能在这起起伏伏的岁月里沉淀下来……"

沉淀，沉淀……

抛去喧嚣而张扬的浮躁，沉淀出坚定而正直的内在品质。再望向那双深邃的眸子，澄澈、干净。而它的纯净源自它静静凝望的无数光阴……周遭的蝉鸣蝶绕、蛛网鹊巢都扰乱不了它静静地将浮尘和杂质沉入深处，在岁月里练就晶莹纯净的体质；时间的侵蚀、年代的变迁也改变不了它笃定的本心，坚定而决绝地守了几百年，成为滋养一族人的水源。

这口缸中的水沉淀在从前的岁月中，也警示着世世代代的族人——做事做人都要沉淀下来。浮躁者浊，清醒者洁，祖祖辈辈都依着这条律令在自己的生活圈内生长、扎根、结果。

爷爷是村公社里低调干练的会计，留下的只有一沓泛黄的账本。父亲为官，是人民的公仆，办公室挂着一方横匾"公道正派"，但他仍热衷于挽起裤脚走基层，去看一眼政府新修的公路，听一句田埂上的老农的心愿，回到他来的地方……一捧水，养育了一方人，父亲和爷爷向我诠释了如何从纷杂的世界里打捞自己的身影，如何在拥挤喧嚣的时代守住自己的根！

如今，我也懂了这石缸和水，来日展翅之时，我也定在心里默念：沉淀下来吧！

江水悠悠，天高路远，我们将守着这份精神，传向永远……

时 光

吴 双 高2011级27班

我是一个很念旧的人，喜欢一切古老的东西，尤其对那种一看就有故事的物品特别感兴趣。正因为如此，我非常喜欢去古镇或者川西民宅，古老的历史文化让人着迷。

有一次在锦里的一家旧物铺，我看见了一把小小的银锁，用细银链穿过银锁的小孔，慢慢地将它提起来。银锁静静地垂在眼前，古老而繁复的花纹，精致玲珑掩不住时光流转的沧桑。触动隐蔽的机关，"嗒"的一声锁面弹开，一个小小的空间隐藏在银锁面之后，连一颗玻璃珠都放不下。

然而这就够了。我可以想象在那明清时期老成都的漆木楼阁上，眉目清婉的少女曾经怀着怎样的一种甜蜜而羞怯的心情将少年写的纸条轻巧而细致地折叠起来，并了名贵的香一起小心地放进银锁之中。霞云初染的傍晚，少女是怎样忐忑而期盼地走向约定的小池塘，白皙的手指因紧张而无意识地摩挲着那光滑的锁面。又在无数个难眠的夜晚，随着少女散落的柔滑乌丝和盈润耳坠，盛着那青涩而幽香的少女情思，夜凉似水中静静地映照窗外的月光。

从赵镇的锅炉厂或钢管厂往后山上走，就可以看见废弃的老厂房和旧宿舍。砖红剥落的墙布满了绿意盎然的爬山虎，没有缝隙地似一帘翻涌的瀑布将侧墙的玻璃窗户都遮得只留下隐隐约约的影子。涂绿色油漆的铁栏杆，涂黄色油漆的窗框，上半部分为白色下半部分为天蓝色的墙，光滑的水泥地面……我猜想那里面以前一定有一扇窗属于一个年轻的姑娘。就在二十世纪六七十年代的那个朴素的时候，她小小的房间肯定有一张窄窄的木床，床上放着洁净的被面和绣花的枕头，枕头下面压着一叠整齐的粮票。她一定常穿水蓝色的衬衫、堇色的裙子、简单的黑鞋白袜。她必有一头整齐顺滑的齐耳短发，恬静淡雅。窗台上养着一盆廉价但雅致的兰草，阴凉安静的空气里总是一股淡淡的书和花露水的味道。在每年的职工新年晚会上，她都是女工中最耀眼的一个。而后的岁月里，她结婚，生子，搬了新宿舍，买了电视和洗衣机……

金沙小学的旁边有一块荒废的土地，杂草丛生，瓦砾横陈。然而在工地围墙的那边，可以看见几幢错落有致的别墅。这几幢别墅显然被房地产商刻意打造成欧洲老房子的风格，浅灰色和咖啡色浓浓适宜地铺陈在墙壁、阳台和屋顶上。宽大的落地窗衬着欧式碎花的窗帘，露台上还有雕花的细铁栅栏，无一不淡雅到让人感动的地步。我想当然地认为，这种房子只适合优雅的老妇人住。她身披针织的对襟流苏披肩，戴褐色的佛木珠手链、银耳环，有着慈祥、温婉的笑容。在秋日的午后，暖洋洋的阳光透过乳白色纱帘照在光滑的原木地板上，长长的藤蔓植物随风摇摆。老太太戴着老花眼镜倚在藤椅上，搭在腿上的羊毛薄毯上是摊开的英文原著，宁静而温暖。

九月开学的前两天，我独自一人去了黄龙溪古镇。光洁的青石路面两旁是古朴的楼阁。有小店卖炸的小鱼小虾和印有毛主席头像或革命口号的瓷杯瓷缸。悠长的石路小巷曲曲折折，有一个满头白发的老太太穿着深蓝布衣、黑色长裤、布鞋，坐在小小的竹凳上，面前的搪瓷盆里装着一大把青菜，还有一个簸箕放在旁边的地上。老人的小方凳靠着褐漆廊柱，她很安详地坐着，缓慢但有条不紊地理着菜。此时小巷被宽大的屋檐遮着在两边落下阴影，小街上有石磨磨豆花的钝重沉闷的声响，有母鸡在路旁踱步。和煦的上午十点半的阳光轻轻擦过屋檐倾泻而下，可以清晰地看见空中灰尘缓缓飞舞的轨迹——多么宁静而漫长的悠然时光呵！

偶尔也需将美丽埋葬

之　行

那天在河畔散步，让我遇见了芍药，即使在泛红的天光之下，我依然看清了芍药的雍容华贵，不禁心中大喜。卖芍药的人告诉我，只要将芍药插在水中，过不了几日，它的花骨朵将会开放。于是我买了一束，将它插在盛有水的花瓶中，等待它的美丽开放。

但不知为何，它不再开放，而是将它的美丽埋葬，它凋零的花瓣密密麻麻地将我书桌的一角盖满，每一次花瓣的飞落都拨动我的心弦，让我的心也碎了一地。

这时，我才明白：那些让人留恋的花朵固然美丽，那些青春的萌动固然美丽，儿时的欢乐固然美丽，但成长之路漫漫，我们只能把那些美丽埋葬于时光的深处。

我依然闻得到儿时校园门口棉花糖的气息，我依然感受得到儿时嬉戏的欢乐。我打开尘封的相册，往昔欢乐的日子跃入眼帘，爬上枣子树吃枣子时擦破皮的膝盖还会隐隐作痛；登山路上疲惫的双脚还酸痛不已；红薯地里烤熟的红薯的浓香还未散尽……我好想好想再回到儿时，再依偎在父母的怀里，在夏日微风的吹拂下，数着天上的星星。不知那些儿时的伙伴是否各奔东西？不知那扇被我们弄得破烂不堪的教室门是否早已修好？儿时停留在我们小手掌心里的红蜻蜓去哪儿了？那些在你生日时送你的玩具，你丢了没有？不知我们聚在一起编的故事，是否还能再有一个完美的结局？

……

我合上相册，凝思之时，一丝灵光掠过脑际，我才顿悟：那些逝去的人儿固然美丽，那些逝去的时光固然美丽，但它们总会成为芍药的花瓣，在时光的车轮碾过之后，只能选择被埋葬在记忆的深处。

或许那些被埋葬的美丽会像落红一样，化作春泥呵护来年的花朵；或许那些被埋葬的美丽会像时光的沙漏，在另一处奠定不可动摇的根基；又或许……

有太多太多的或许，也有太多太多被埋葬的美丽。漫漫成长路，我会拾起每一个刻有记忆斫痕的贝壳，把我的心扫出一片空地，将它们埋葬在我心灵的深处，继续我奋斗的脚步！

后记

这篇文章是我看见院里那些新一代嬉闹时的感触。那时我的记忆之匣被他们猛然打开，儿时的那些美好，让我觉得大有世事易逝之感，或许若干年后的他们也会像我一样，在某一天突然发觉，成长其实就是不断地将美丽的东西埋葬，再不断地拾起未开的蓓蕾，然后，在时光之中静静地等待蓓蕾的绽放。

车轮上的时光

佚　名

我时常搭乘父亲的单车。

那时我家还没有轿车，出行都靠这辆单车。父亲骑着它载着我穿过大街小巷，无论是去城北体校参加乒乓球训练，还是去"新东方"学习泡泡英语，总离不开它的艰辛跋涉，相伴相随。

一车两座，一大一小。车轮上，有属于我俩的快乐时光。晨曦初露的时候，宁静的大街上留下一串嘎吱嘎吱的响声，这在童年时代的我听来却并不刺耳，那仿佛是世界上最美妙的音乐，因为那是爱经过时留下的印记。暮色下，灯影里，"华灯初上""蓦然回首""夜色阑珊""车水马龙"……这些陌生的词语渐次丰富了我的语言库，更让懵懂的我开始了解语文与生活的联系。

我们曾在路上放声大笑、歌唱，我背诵的第一首唐诗也是父亲骑着单车载着我，在途中教会我的。"床前明月光，疑是地上霜。举头望明月，低头思故乡。"平平仄仄的韵脚，轻轻缓缓的音调给了我最初的文学启蒙。父亲就如那轮明月，照亮了我的整个童年。

那辆单车见证了我的成长，成为爱的象征。每到军幼放学时，我总会翘首期盼父亲的到来。在人头攒动的后门，当我期盼的那个人推着那辆车，含笑地伫立在约定的老地方，我的心中便感受到踏实与温暖。

自 7 岁开始学琴，每到周末去往七八公里外的老师家，我和父亲都只能坐公交车或者打车，因为我家那辆自行车实在无法承载父亲、我和我的大提琴了。

公交车上，父亲圈起手臂小心翼翼地呵护着幼小的我，一面还得关注背后背的那个价值不菲的"大家伙"。冬天，衣着厚重，上车艰难；夏天，汗流浃背，狼狈不堪。

六年级那年，我坐上了父亲开的车。

现在终于不用在骄阳下、风雨里来回奔波。慢慢地，我开始在父亲开的车里玩游戏、听音乐，感觉一切都是如此轻松、惬意。有时父亲想和我聊聊天，我直接戴上耳机屏蔽掉他的唠叨。只见他嗫嚅着，想要再说些什么但终究又没有说出口，只有把眼神落寞地投向远方。

我渐渐长大，疏离与叛逆在我和父亲之间筑起了一堵无形的墙。我们虽近在咫尺，心却仿若远在天涯……

我开始有些怀念那自行车和公交车上的时光。

初中。每到周末去"学而思"上课，我还是习惯坐妈妈的电动车，既可避免因公交不定时而耽误时间，还可以感受"御风"的快乐。这辆车算得上我家的元老与功臣。买它的时候，我六岁，刚好上小学。当初妈妈向爸爸笑言道："你女儿可不再是小不点了喔，让我骑自行车接送她上学，可搭不动了啰！"于是一只黄亮亮的"小鸟"便神气活现地飞入我家。为了安全，当初在"小鸟"的尾巴上安了个有靠背的座椅，就像鸟儿驮了个背篓，背篓里坐着个胖娃娃，看上去颇为滑稽。

坐在"小鸟"背上这一"飞"就是八年，风声里刻录着和妈妈关于"xyz"的激烈讨论、"abc"的欢畅背诵、光学与力学的烧脑题目的深入探讨；雨水里混合着因考试不佳而流下的悲伤泪滴，还有毕业时心中涌动着的激动不舍的阵阵暖流。

　　这忠诚的"小鸟"因劳累过度换过一次"心脏"，但时不时还是因"贫血""缺钙"给我们带来上课迟到的惊吓。爸爸想让"鸟儿"退休，我和妈妈缄默以示拒绝。

　　车轮上的时光见证我们血浓于水的亲情，这可爱亲切的"鸟儿"已然深深融入我心，让我怎能放得下它呢？

　　时光煮了絮语，但往昔所有的细节仍历历在目。情不知所起，一往而深。时光的车轮滚滚向前，也许会带走很多东西，但我知道，它永远带不走的，是那一段段属于我们的最真挚、最美好的车轮上的时光。

　　拾光。在路上，更在心上。

迷失的春色

李芷希　高 2017 级 5 班

　　摇椅兀自晃着，脱落的木漆下露出苍白的纹路。春日的光穿越小叶榕的层层间隙，漾在椅柄。一阵恍惚中，视线迷蒙。

　　那摇椅有些年头了，自我记事起，它便总躺在那儿——一家盲人按摩店的门口。它的主人是隔壁的文具店店主，是一位年近古稀的老爷爷。小时候，我是文具店的常客，一拿到零花钱就风风火火地往店里跑。收集小物件是我的一大爱好，以前是贴画，后来是花花绿绿的笔记本。买来也不用，就慢慢地囤，想把那些乏味单调的时光一一填满。贴画一元一版，买得多了，有时老爷爷还会附赠一版"眉间一点红"。其实我如此热衷于在他那里消费是有原因的，因为他有一本花名册，记录着常客的消费记录，每集满五十积分，就可兑换五元小礼品。于是乎，我使劲买文具，攒积分，得到小礼品时总会开心得像捡了天大的便宜似的。随着时光流逝，那原始的、不太方便的记录方式，那纯粹的天真和极易流露的欢喜，似乎早已消逝在无边春色里了。

　　八年一瞬，如春风过处飘零的繁樱，无痕无迹。穿梭在小区和文具店之间的时光，仿佛是一段按下快进键的默片，光影斑驳，迷失在万千人间的春色里。可记忆不像电影，忘记了还可以再次播放。

上初中之后，去文具店的次数越来越少，我也不再收集贴画，不再做这种幼稚的事，心想我早就长大了。即使去了，也只是与老爷爷寒暄几句，便匆匆离开，似乎没什么可留恋的了。文具店一直卖着几年前过时的贴画，生意自然不如往日那般光景。它自然也被我慢慢遗弃，可后来的我才知道，我遗弃的不仅仅是它。

大概是拂面而来的第三次春色，我初中毕业。典礼过后，我鬼使神差地去了文具店。老爷爷躺在门口的摇椅上看报，光影投射在他愈发苍老的面容上，缓缓浮动，岁月终究没饶过他。他抬起头看见了我，遍布皱纹的眼角蔓延出一片笑意。他放下报纸，略有些吃力地从摇椅上站起，向我走来。弥望的春色中夹杂着些许暖意，还有股熟悉的烟草味。我买了一个精致的本子，想着高一时可能会用上。老爷爷熟练地在花名册上记下积分，属于我的积分，已占了整整三页，好像没有地方能再记了。末了，他叹了一口气。人的一生中会说许多次"再见"，也许某一次，就是最后一次了。人的一生会遇见许多人，也许某一次，就是最后一次了。还没准备好挥手的姿势，道别的内容还在唇边徘徊，他已经离开。所以，要抱着和每个人的擦肩都是最后一次的认识，哪怕一次回眸，也要珍惜。

春色是年复一年的好，人却是一个又一个地迷失。

前几天我思量着去文具店买卷双面胶。走过安德鲁森、红油饺子、盲人按摩……接着，目光所及却是一间崭新的店铺。明晃晃的灯照着潮流服饰，原本放着贴画的架子也被拆除，新装的柜台上放着几株多肉。过往种种，一件也没留下，像是从未存在过一样。我久久地站在门口，竟没有勇气迈出一步。

又是一年春色盈盈，可那缕烟草味，杳无气息。

流逝的不是时间，而是我们。在这温热的春日里，我失落得像一个丢失了贴画的孩童，委屈又无奈。摇椅还在晃着，那是他唯一遗失的东西。

我曾遇见的人，早已迷失。茫茫人海，即使寻到烟草的清香，我又该如何道别？渐渐明白，生命中的某些离别无法扭转，某些人，某些事，注定只能陪伴我们一段时光，或喜或忧，都不过是未来人生里，无关痛痒的回忆。

抬头，模糊的视线中，恍然又见，迷失的春色。

暮色·泪光

Joy

花儿在庭院里肆意地渲染着自己的年华，借道的黄鹂在冬青枝上歇了歇脚，又振翅飞向苍茫的天空。他在窗前发了一会儿神，突然听见推门声。他急急忙忙地走过去。空荡荡的客厅，却像一个洞窟，那里幽冥似的寂寥又将他逼回生活的定点。他默默地坐着，含着脉脉泪光，日复一日地守候着暮色一口一口吞噬掉他的背影。

不错，这正是城市中万千老人的一剪缩影。他们的岁月浸没在守望里，听不见来自外部风的声音，只是守着小窗，静静地饮泣。其实又何尝只是城市里才有这种景象呢？超越你们想象的，没有田园生活的惬意，留给农村老人的，只有更沉痛的悲凉。

她，每天在天空还沉睡在黑暗里的时候，就不得不起来，为上初中的重孙准备早饭。昏暗的灶房里，她躬着腰在矮矮的灶台前，一把一把地递进柴火。布满皱纹的脸上，深邃的双眼正噙着泪光，不知是烟火的刺激，还是岁月的洗礼。坐在小小方凳上的她，独自守护着只属于她的凌晨的寂静。

也许，这寥寥晨星，在她眼里与暮色相差无几。她，他，在微茫暮色里，静静听着岁月滴答流逝的声音。谁该为这些暮色中的泪光负责？

是否信息时代的儿女，用钱物替代了一切情感，用安享晚年剥夺了他关爱儿孙的权利？是否外出打工的孩子，多少年都没有回家，把一切的一切，丢在她佝偻的双肩上，丢在那空寂的场院里？是否科技带着她的儿孙迈向知识经济社会，而把她遗忘在暮色里？更是否城市化的日益加快，农村关系的快速解体，把她永远隔绝在小小的场院里？

我亲眼看过这些泪光却什么话也说不出来，更回答不了这些问题。这是高速发展的时代，也是老龄化日益加重的时代。时代呼唤着全民工作的大潮，呼唤着农民工建设的大潮，呼唤着又好又快、日新月异，却把他们，忘在了小小的阁楼里、小小的灶台前。深邃双眼中浸出的浓重泪水，在当下的时代里，被一波又一波的浪潮冲刷到没有痕迹。这个时代该怎样定义？

从人性深处缓慢吐露出的丝线，一根一根交织，束缚住弱者的身躯。但总有一天，历史会证明：暮色不会饱含泪光，暮色是迟到的晨光里的梦想。

也许有一天我们都已年迈，纵使独自坐在窗前，无声地坐着，也能感受到来自晴朗天地里，一份属于自己的春的气息。

峨眉春

范钶烨

那年的春日缓缓，浸泡在阴雨里，人也随着门前青苔霉暗。

连日足不出户，在梦里，我已僵成了石像，爬满了青苔。

那年的春日总是多雨，像山国以往每一个漫长的春季。山色和碧波共氤氲，岁月悠悠，人也悠悠。

那年的春日缓缓，浸泡在阴雨里，人也随着门前青苔霉暗。连日足不出户，在梦里，我已僵成了石像，爬满了青苔。

谁若用画笔在这山国里轻轻一点，七分水汽三分青碧便缠缠绵绵上了指尖。

羲和怠懒，蜀道难越，他乘六龙也不愿轻瞥一眼。

或许是被下界凡夫诟病太久，阳光竟肯在这一日眷顾。

抖掉一身苔痕，趁阳光尚好，去离天三尺的峨眉赴一场春色之约。

这一约，我一爽就爽了十六年。

早在高僧游侠以前，早在菩萨佛陀以前，早在史书落笔以前。它便盛装以待，一等便是一生。

沿着一条废弃的铁轨，曲曲折折而上，早春的清晨里，一身料峭的寒露，一心雀跃的期望。

宛如武陵人穿过漫长黑暗的山洞后的豁然开朗，逶迤的铁轨尽头，是满目杜鹃扑来。

那是怎样的艳色？

是丹霞如锦铺陈山野，是野火如练点燃天际，是重重青山之中的赤焰，是层层碧空之下的血玉。

这艳色猝不及防撞入我怀里，使心跳都骤停。

在三月的山岗里，它娉娉袅袅地绽放着。距我最近的那一丛，朵朵红花压低了褐枝，伸展绿叶在风中轻摆，状如金罍，盛满了春色的琼浆玉液，微微一旋，便闪出碎星般的光辉来。

最远处的杜鹃，身着鹅黄新衣，娇娇怯怯地开在枝头，然而身下却是云雾缭绕，身旁是悬崖绝壁。轻轻一摆，嫩绿的枝条似乎下一刹便要折断，拉扯着花朵落入万丈深渊。

可那簇鹅黄仍俏生生地立在那里，把身下的冷灰用新绿抚慰。在这"离天只有三尺三"的峨眉山巅自在起舞，鹅黄的广袖一展，下一刻便要踏云归去。

上接无天，下临无地，一片灿烂扎根在半空里。冷翡翠承着热玛瑙，缠绵盘桓，灿烂错密。枝叶轻响，恍然一听，磬磬然，铿铿然，上古的黄钟大吕轰然而鸣。一片虚青里浮动着五彩，蜿蜒成永恒。晃眼一看，竟是打翻了银汉。

白茫茫的水汽中，金顶的光辉隐隐向这一方眺望。众生对神像顶礼膜拜，在金色的那一头，花朵嫣然舒展。

佛说，色即是空，空即是色。当艳色铺天又如何看空。

何必管岁月匆匆，何必管众生皆苦，何必要钟鸣鼎食。

求神拜佛，神佛尚难自保；盛年不永，何不高声放歌。

歌一曲人生苦短，歌一曲利锁名缰，歌一曲年少轻狂，歌一曲十方红尘。

天地一瞬息，我只需刹那光耀；人间似熔炉，我偏要浴火而生。

来世何远，当下何短。求神拜佛地去求那无望来世，不如，此刻，赴一场漫山花色。

微冷山风送来远处梵音，我在风里听见杜鹃啼血。

落花的声音

熊雅妮　高 2011 级 7 班

　　无边的雾霭勾勒不出晴天的绚丽，倦归的鸟儿展翅向风，我也从书店里走出来，独自沿着那条小巷回家。

　　天空在静默地呜咽着，一种不可名状的压抑突然笼罩在上空，我加快了步伐，雨滴也印着我的足迹渐渐地落下来。越来越急，越来越密，湿了我从雨中逃跑的缝隙。无奈中，我跑到一间房子的屋檐下躲雨。

　　雨静悄悄地下着，好像是得到了安抚的婴儿，不哭也不闹，只是静默地将雨水带到地上，滋润着一切生灵。屋檐前是一排排的树，树上开满了紫色的花，我不认识这种花。它有着平凡而大气的花瓣，那种紫色，透着华贵的气质，从上而下地沉淀，仿佛是一丛流动的瀑布。在雨中，它们更是欢乐地跳动着。雨又渐渐地大了，雨点打湿了花瓣，让紫色变得更加深沉，煞是好看。冷不丁地，一片花瓣被悄然打落，没有任何征兆，只是随着风躺到了地上。随之，一片又一片花瓣离开了自己的蕊，无声地落在地上，从繁花变成了落花。

　　我怔住了，目光呆滞地看着这一切，几乎不敢相信这短短几分钟内，一树的紫色变成了孤独的绿和几抹作为点缀的紫，湿漉漉的地面上，静静地躺着一席落花，先前的跃动被时间凝固住了，紫色变得更深了。但在我看来，这一切都没有之前耀眼。

我呆呆地愣在那里，等到了雨过天晴。阳光透过云层照亮了一切，我又重新走在了回家的路上，看着这一地落花，想着它们曾经的灿然，我不禁冷冷地笑了，笑着原来没有永远的繁华。我不愿踩痛了它们，便踮着脚走，阳光照在花瓣上，仿佛在天空中流动着一股生命力，一股令人敬佩的生命力。

随着阳光的方向看去，那一排树木显得更加孤单，我抬头望着眼前这一棵，又一次怔住了。那树叶包着的，发着油亮光芒的，我曾经以为是花蕊的，竟是一颗弹珠般大小的绿油油的果实。它藏在繁花与落叶的庇护所里，没有人曾发现它。那么繁花的凋零不是徒劳的了，它们躺在大地之上，是对生命的一种付出和奉献。灿然光辉一时，最终却凋零，不为别的，只是为了培育出一颗饱满的果实，它们却愿意牺牲一切去换生命的结晶。它们勇敢地面对这一切，没有选择逃避，是因为它们舍得放弃自我的平庸，换来生命中更加珍贵的璀璨。

生命固然美丽，落花更具意义。花开无声，落花之声却绵延至巷尾。

梦　殇

冯　达　高 2009 级 6 班

ᘓᘓᘓ

　　迷离中，我仿佛做了一个梦，恍恍惚惚，有一壶灯悬在半空，很亮很亮的灯，亮得如新月一般。我看到了自己。我费力地堆着雪人，一旁是穿着布袄的小妹冻得红红的脸蛋；我去上学，洗得发白的书包随着我的脚步拍打着我的屁股；我在柳树下读诗，读着"窈窕淑女，君子好逑"，读着"执子之手，与子偕老"。就在一知半解中，我走过了月落乌啼的枫桥，聆听了二十四桥玉人那如泣如诉的笙箫。

　　我还看到了湖光山色、野径通幽、小桥风皱……我携的是谁的手？那经常撞进我胸口的，是从何处飘来的钟声？① 还有那个孤苦无依的背影，花勾住了他的袍带，月跳进了他的金樽，但我却看不清他流泪的双眸。② 我还看到了那一个人淡如菊的身影，那双提不起五斗米的手，那个靠着半亩菊和几株柳就征服了我思想的隐者；③ 那个在月夜长江之上直欲乘虚而去的散人，④

---

　　① 指张继《枫桥夜泊》中的"姑苏城外寒山寺，夜半钟声到客船"。

　　② 指李白《月下独酌》中的"花间一壶酒，独酌无相亲。举杯邀明月，对影成三人"。

　　③ 指陶渊明的"采菊东篱下，悠然见南山"，不为五斗米折腰和《五柳先生传》。

　　④ 指苏轼《赤壁赋》中"浩浩乎如冯虚御风，而不知其所止；飘飘乎如遗世独立，羽化而登仙"和《临江仙》中"夜饮东坡醒复醉，归来仿佛三更"。

那个在秋夜醉倒在雪堂①坡东却还执迷不悟的居士；那夜色斑斓得迷离的画楼西畔，② 那份醉倒了几世儿女的心有灵犀；那对在昏暗沙池边相诉的禽鸟，和那就着破云而来的皎洁月光翩然起舞的花朵③……我看到了好多很美很美的景象。

灯，灭了；梦，醒了。梦中的良辰美景皆已消失成虚幻，唯有我的灵魂还在黑暗中，我不知应任它漫游，还是该唤它回来。

夜已深，我转头看了看身旁，没有人，还有风。我起身，耳边传来潇潇的声音，拉开窗帘，帘外雨水潺潺。④ 一场春雨一场梦，我梦见了蝴蝶，梦见了虚幻，也梦见了现实，我忽然想到了李后主的一句词：梦里不知身是客，一晌贪欢。

---

① 雪堂，在湖北黄冈之东。苏轼贬谪黄州时，友人马正卿助其垦辟游息之所，于东坡筑有雪堂五间。

② 指李商隐《无题》中的"昨夜星辰昨夜风，画楼西畔桂堂东。身无彩凤双飞翼，心有灵犀一点通"。

③ 指张先《天仙子》中的"沙上并禽池上暝，云破月来花弄影"。

④ 李煜《浪淘沙令》中有"帘外雨潺潺，春意阑珊"一句。

信仰 · 幸福

杜欣宇　高 2011 级 1 班

信仰简单，世界就难以繁复。

信仰幸福，世界就难以痛苦。

阑干深处，清响飘摇，蒙蒙岚霭沐浴在微光里。童年就像一册书卷，任凭我在上面圈圈点点。

记得小时候，下雨时打着伞出门，总是故意转着伞看着雨珠飞出去，还喜欢往雨大的地方走去，听雨"啪啪"打在伞上的声音。记得小时候，一放学就背着跑起来会拍打屁股的大书包赶回家，甩掉鞋子后第一件事就是打开电视，《叮当猫》的片头曲从电视里传出来，盼着哪天有一扇穿越时空的任意门，那样就再也不怕迟到了。

小时候是电影里的蒙太奇，呼啦啦地从眼前掠过一个又一个色彩鲜艳的画面，掀起耳旁的碎发，扬起嘴角。记得小时候，只知道，那就是幸福。小时候像甜蜜而惆怅的夜河，带着不能再被踏入的遗憾以不舍的姿态流向往昔，流向坐在教室里的曾经。童年缩成一粒沙子，陷在我的眼里，逼迫我不停地流泪……

渐渐地，幸福从糖果罐里飘扬到年少，露出甜美的微笑。

为初中的幸福时光系上一个漂亮的蝴蝶结，寄给我最绚烂的年少。

窗外是黄了又绿的树叶，在阳光里动着，浮起一层明亮的绿色。手指死死握着笔拼命想要赶上写黑板字的老师。墙上的风扇开关只开了一半，叶片不动却还像傻子一样呆呆地摇头，一遍一遍地打量着我们。教室里不时爆发的笑声画着抛物线飞起来，利落地割着大片大片的光影，然后清脆地落在地上，被阳光折射得充满了年少的欢笑。

有着绿色剪影的斑驳光阴，充斥着倾盆大雨的雨季，还有明亮时光的摇曳浮华，恍惚得难以界定的憧憬泡沫，都是年轻蓬勃的我们。坐在教室里，幸福难以言喻。

再后来，我想幸福没那么简单，我说，日复一日的生活怎么会幸福？我说，我要站在茂盛的树巅，轰轰烈烈地绽放我的青春，那才是幸福。可是，时光荏苒，我不解，为什么我还是日复一日地重复生活？

直到幸福温柔地牵我到江南，我才明白。傍晚的漓江上映着火烧云，炙热的江面将渔民们的心燃得通红。渔舟在江面划过，渔民们摇桨渔歌起，星辰若河山，碧水静流，宁静惬意。捕鱼，已不仅是他们的工作，而是一种欣赏生活的方式。银月如钩，斜照西楼，少了李煜的"寂寞梧桐深院锁清秋"，只剩一江春水向东流……我似乎也学会了在这滚滚流水中欣赏他们这朴实而幸福的生活。

后来，我渐渐喜欢上一首歌：

走下乡，寻找那种花香；

坐车厢，朝着向下方向；

鸟飞翔，穿过这条小巷；

仔细想，这种生活安详……

我的小幸福也许不是"神八"飞天时的举国欢庆，也许不是青莲游山吟诗时醉人的欢喜，也许不是陶老夫子隐居时忘我的闲适。但我所信仰的小幸福就在身旁，简简单单地微笑。

如今，于我而言，春暖花开时最幸福的事就是于室外散步。

一直喜欢光影的艺术，试想：漫步在路上，两旁稀疏地分布着花树，树丫上有细碎的小花，微风吹来，花就轻轻颤动，像是小女孩的公主裙在风中轻摆，若有若无的香气诱惑着鼻子，香甜得让人感觉像踩着面包往前走，脚下是软软的，童话般不真实。阳光照着树，投下奇妙形状的影子，酥酥的阳光抱着花树，温暖得让人不禁想伸个懒腰，再蜷成一团，像一只小猫一样慵懒地睡一觉，怎一句"暖风熏得游人醉"了得。

幸福像杯子里的水，溢得到处都是。

其实生活也许就是这样。

信仰简单，世界就难以繁复。

信仰幸福，世界就难以痛苦。

玻璃花

邱婉姝　高 2010 级 9 班

我们太骄傲，低不下高昂的头颅，看起来坚强不可催，事实上却如同玻璃一般脆弱。

——题记

在闹市中，频频在橱窗里看到精致得夺人眼球的玻璃花饰，闪亮得耀眼，夺眸地绽放，捧在手中时，总生怕摔碎了它，虽然它看起来是坚强的，但还是很需要呵护的双手来让它开得灿烂。

"我只愿让人看见我的骄傲，哪怕背后的冷剑已刺穿胸膛。"

"90 后"，已成为现在最受瞩目的一代，因为我们已脱离了羞涩的年代，都在不遗余力地展示自己，巴不得全世界了解自己。当别人夸扬时，我们不再虚伪地谦逊，可以大声地说："谢谢，我也这么觉得。"但我们也只希望得到别人的夸耀。玻璃似的心承受不起任何一句不经意的伤人话。都是傲气的孩子，怎么会允许供奉的骄傲被生生地踩烂在脚下。

所以我们是需要保护的人。哪怕我们穿着坚硬的铠甲，却无法舞动沉重的宝剑来维护脆弱的自尊。自尊被摔碎的花季少男少女，随之破灭的还有对生活的激情，忧郁和深沉不过是伪装，能把自己藏起来，躲在角落中舔舐自己的伤口，就连如此的心伤也不愿向人暴露出落魄，用自己仅剩的再微薄不过的力量继续供奉着骄傲。

"沮丧时总会明显感到孤独的重量，多渴望懂得的人给些温暖借个肩膀。"

花季的我们，叛逆地不愿与长辈说话，却愿意向同龄的人倾诉，因为我们固执地认为，只有和我们有着同一经历的"一线战友"才能了解我们，我们可以在他们面前放声地哭泣、放肆地欢笑，把友谊看得好重。

每每毕业时，都相拥而泣，这种不牵扯任何利益的友谊，是我们最珍贵的回忆。

"我要一步一步往上爬，在最高点乘着叶片往前飞，任风吹干流过的泪和汗，总有一天我有属于我的天。"

从很小的时候起，我们就吹出了好多理想的肥皂泡泡，承载了好多希冀与追求，我们追逐着保护它，生怕它被风吹破、被露水滴出裂痕，那不懈的努力，是最难忘的经历，就算它终究幻灭，我们也拥有努力的过程，为实现它而不断地付出，这才是取之不尽的收获。骄傲、友谊、理想，这都是我们最宝贵的财富，但他们都如同玻璃般脆弱，我们一直小心地保护。但我们也是闪耀的玻璃花，漂亮、迷人，却易碎。我们承载着这些影像，一步步向前，也许在途中，它们会一一破碎，但那时，玻璃花也已经坚强得可以经历风霜。

我们叛逆，我们骄傲，我们疯狂，都只是，玻璃花身的伪装，我们需要的，是呵护我们的双手来让我们开得灿烂。

落樱秋叶飘，

心隐瞒，雨徘徊，

我们不知怎地，沉睡了，

若已倾盆雨，

再拾起，

已碎，飘零，随风息……

归　根

王怡文　高2011级26班

　　万物皆是由空白而起，逐步走向繁华，然后慢慢分离、破碎，再独自飘零，回到起始的地方。

　　也许这个过程是美丽的，但它的结局又何尝不让人心动？

　　当残叶正高傲地立在枝头与清风浪漫地合舞时，它就明白，结局许是凋零；当古钟沉吟着一声声庄重的哀号，在还有一片片封印人心的豪华高墙时，它们就清楚，结局许是孤独。它们都回到了最初，那原本就是一抔土壤、一片荒凉，还有庭院的一蓬秋草、荒芜石阶的点点青苔，还有冷云、阴星、缺月，以及败柳、残花、衰茎，它们都回到了生命的起点，只是因为没有了另一个轮回罢了。

　　一切仿佛都是一个圆，起点亦是终点，恰如生命。

　　婴儿从诞生的一刻起，便是赤裸裸地来，那雪白中泛着红润的柔软的皮肤，那样白净明晰，仿佛在等待着时间给他留下些印记。他本如素莲般一尘不染，不懂人世间的贪婪痴念，只是命运随意地丢给他一些琐碎的情、爱、恨、仇、怨，让他看到光明温暖，同时也感受到阴冷黑暗。在他走的时候，也许脸上爬满皱纹，安详地笑着，笑靥如花般盛开，同样干净平淡，那是悟透红尘的了然，同样是赤裸裸地走了，不带走世间一缕烟尘……

我喜欢这样的回归，那是褪下面具后的真实容颜。翻着过去泛黄的青春的照片时，孤单的人们忏悔着错过的爱——枭雄暮年的蓦然回首，红颜渐逝的对镜轻叹。他们都仿佛站在时间下面，远远地向归路眺望，渴望回到最初的美好。

于是，便有了"落叶归根"。过去一直一心想着离开故乡向更远的地方飞翔，而离开后才发现，原来那般依恋的心情，总在有月光亮起的时候才会溢出心池。

人想着死后可以安息在故乡的土壤里，是因为那里的一草一木都散发着生命最原始的芬芳，他们企盼在这里寻回童年时的影子，以满足他们对过去的缅怀。

所以，与其说人们想回到家乡，不如说是想在那里寻回一丝记忆。青春时叛逆的离家出走，童年时满手棕黄的泥土，婴儿时母亲怀里的温度……也许连轮廓都已模糊，但渐渐回归、接近起点的纯真，依然给人无限的宽慰和满足。

归根，也许就是回归自然，一刹那的明彻、超脱，就如刚出生一般，不在乎得到或失去，也不再怨恨或痴迷。既然如此，生本是一场旅行，死亦是一个重大节日，终会归根的我们，何必对一些事情过于执着呢？

—— 踏海弄潮 ——

暗冬去， 明春来

赵宇轩　高2019级3班

楼下初中学弟学妹们的嬉闹声，欢乐得像是插上了翅膀，让趴在走廊栏杆上的我也不自觉地挂上了一抹微笑。谁也未曾想到那黑暗的严冬后，春天竟会这般的阳光美好。

2020年的春节对所有人来说，都有着不可抹去的心悸瞬间。一组组飞速攀升的惊人数据，一条条逝去的鲜活生命，一辆辆呼啸疾驰的救护车……一切都源于那可怕的新冠病毒。这个冬天异常的寒冷漫长，没有以往团圆时刻的温馨，也少了厨房里诱人的香气。大年三十的夜晚，厚重的玻璃窗映着对面百货大楼巨大的显示屏中的倒计时。通红的数字不停地变化着，随着"1"的消失，只留下一行"新年好"的字样。醒目到刺眼的巨大惊叹号，直愣愣地立在半空中，却因空无一人的广场显得格外像在走廊上罚站的孤单学生，可怜而又不知所措。我想听听街道上是否还有车辆驶过的轰鸣声，想嗅嗅空气中还有没有今年新燃的烟花味，手却停在窗上久久未动。半晌，我将心里的憋闷化成一团白雾，呼在窗上，留下手尖的冰凉和对面楼房里零星的模糊身影。

对于我这般年纪的学生来说，疫情是极为未知和陌生的，上一次的"非典"似乎已经格外遥远，和我们相关的也就只是生物试题中一个无关紧要的题干而已。可如今的新冠肺炎却是真真切切地威胁着所有人的生命，我们该怎么办？

虽然害怕和彷徨在心中久久不能驱散殆尽，可是希望与美好已经发起了反攻，一个个好消息不断从抗疫一线传来：雷神山、火神山医院的极速修建完工，缓解了紧张的床位需求；病毒基因序列的破解，为疫苗的研发打下了基础；一支支医疗队的驰援向湖北传递去全国上下万众一心的攻坚信念……好似久违的春意再次掠过封冻的江面，每个人都感受到一丝丝温暖的希望，整座城市开始一点点复苏，往日的热闹场面渐渐恢复。消失已久的黄色身影，又一次骑着小摩托，穿过大街小巷，将无接触配送的美味送至千家万户；哪怕戴上口罩，嘴也不消停的理发店小哥在忙碌的一天后，发出一声疲惫却又满足的长吁，明天可能还会有一群"长发及腰"的宅男宅女等着与他唠嗑呢；公园里熟悉的音乐，将跳广场舞的大爷大妈们又召集在了一起，虽然大家仍保持着安全距离，但活力四射的舞姿，夕阳无限好的积极心态，还是将所有人的目光吸引了过来。凝蓄着盎然生机的三角梅开满枝头，宛如瀑布一般倾泻直下，那璀璨的春意，也呼唤着开学、复工的到来。

回到学校的第一天，我带着些许紧张与期待，跨进了校门，门卫叔叔的笑容从眯成一条线的眼里漫出："可以进了，体温正常。"拿着消过毒的行李，我感觉不到半点沉重，在宿舍楼下转上了两圈，才恋恋不舍地上了楼。撞见了同学们，虽看着已经有些眼生的脸部轮廓，但那阔别数月的笑声，一下子将我拉回了大家中午一道疯跑进食堂的欢乐时刻。我们七嘴八舌地分享着相差无几的宅家生活，再小心翼翼地吐槽着自己看似认真上过的网课，最后高呼："难道你也一样！"闷在家里的怨气被一扫而空，欢乐的春风吹满了胸膛。

一天早、中、晚三次测体温，分批次起床，分层就餐……这特殊时期的特殊措施，同学们都适应得很好，也就在嘴馋的时候在心里暗下决心："过了这段时间，一定要把另一层的美食吃个够！"食堂门口的那棵幸福树可能已经听到了许多次了吧。矮丛栀子花的花香在校园里弥漫，宣告着春天的到来。洁白的花瓣、清新的青绿、诱人的甜香，将原本空荡的校园装满。书声琅琅扫去疫情的阴霾，将久违的春色请回学堂。温暖又回来了呢!

　　疫情使得这个冬天变得格外漫长、黑暗，但这个战胜疫情的春天，也比以往更加明艳动人。

浮　光

亓西城

᪣᪣

一

学校教学楼前头的草地里有一株硕大的蓝花楹，每年初夏，紫花随着最末的一场春雨纷纷扬扬地落下，在地上铺陈开绵密淡紫的花毯。将花拾起来，发现它原来的样子并无立在枝头、一丛一丛的那般惊艳，只是普普通通的样子，甚至颜色都黯淡了几分。

我看着这株蓝花楹开了三茬，时间明明白白地在它身上刻下痕迹。它从春到夏，从秋到冬，见过几度相聚与别离。少男少女背着书包踏进校园，三年后，高马尾变成了披肩发，运动鞋变成了细高跟，校服变成了西服。他们向这所学校挥手作别，各奔东西，去向更辽远的天地。

蓝花楹仍是蓝花楹，冬日的太阳在地上留下它一道狭长的剪影。

时间早已过去，可它仍固执己见，待在原地不肯挪移。

二

周六下午，只有高三留在学校，抢饭的阵仗小了很多，数只猫在路上探头探脑。其中一只通体是橘黄色，似曾相识。

同行的女孩忽地想起了什么："这不是那只长了癣的猫吗？"

我笑了，细看之下才认出来。我想伸手摸摸它，它一偏头跑开了。

我不无遗憾："当时我耗那么多心力追着它喷碘伏治病，现在都不认识我了。"

第一次见到这只猫时，它应该只有几个月大。当时我着实被吓了一跳，并不仅仅是因为它那长癣脱毛而裸露的大块皮肤，更是因为它的瘦骨嶙峋，全然不似其他家猫一般。而且，它身上的癣有的已被它用爪子抓破了，留下一道道血痕。旁人都不愿碰它。

其实我也不愿。

只是有一天从新城市广场返校，它闻到我带的鸡排香气，追着我，努力用头蹭我的裤腿，"喵喵"地叫着。我的心一下便像是浸过水的柠檬，又酸又胀。我蹲下身将一小块鸡排放在它面前，它认认真真地吃着。我猛然想起自己箱子里备着的碘伏，转身往四楼冲，拿下来对准它背上的癣喷着。

莫名其妙地，给这只猫喷碘伏成了我每周的习惯。

到头来，一场疫情过后，它仍不记得我。

三

四月末，枇杷树上层层叠叠挂满了枇杷。

偶同别人提起，引得一片遗憾的唏嘘。没有那样长的竹竿可以把枇杷打下来，没有人那么高可以伸手摘下几个枇杷，没有可以用来装枇杷的东西。所以，最后谁也没有吃到枇杷。

从教室的窗台往下看，那一树的枇杷仍在那儿，没人动。

四

接受校电视台采访时，学妹问了我一个问题："高中最遗憾的一件事是什么？"

我愣怔了一下，没有预料到自己抽到的会是这个问题。而后我笑了笑，答："大概是求而不得吧。"摄像头后的女孩子有些茫然，仿佛不明白我在讲什么。或许她也没想到，面前这位谈笑风生、几乎承包了《树德潮》的写手，到了现实中，不过也是个不脱世俗的普通人罢了。

寒假时看老电影，《情人》《霸王别姬》《樱花乱》《东邪西毒》，一部一部看过去，走马观花地经历着他人的悲欢离合。后来看到王家卫的《一代宗师》，蓦地有些慨然。

影片将结尾时，宫二对叶问说："想想，说人生无悔，其实都是气话。人生若真无悔，那该多无趣啊。"

《一代宗师》算得上是佳句频出的好电影，比如"念念不忘必有回响"，比如"这世上的相遇都是久别重逢"。我却独独爱那句"人生有悔"。

毕竟我们都只是普通人。

五

银杏大道两旁摆满向日葵时，我才突然意识到，高考将至。

仔细算算，加上教育局多给的一个月，满打满算也只有五十来天了。其实教室前早已挂了倒计时的显示牌，那数字一天一天地减下去，飞速流逝的时间看上去触目惊心。

直到五月末，又是每年例行的"葵花心语"。我选到一张明信片，正面是大片的向日葵花海，背后一笔一画地写着祝福。

这样一份礼物，让这段时间里的一切都越发清晰明净。

初中时因为指标到校，旁人都碌碌奔波时我已尘埃落定。现下我没了这样的好机会，只得加入浩荡的高考大军。我每日用普洱和美式咖啡吊着精神，复习的内容从三圈环流到混合所有制改革的意义，再从"聊乘化以归尽"到洛必达法则。从早到晚的车轮战，让我的生活充实而有成就感。

被周考虐得体无完肤后，我去打了一场羽毛球，回到家洗完澡往床上一躺，对自己说一句——明天又是新的一天。

六

三诊考试前我坐在窗边。那几天天气阴晴不定，前一天晚上刚下过雨，空气中弥漫着草木的气息。这一天天穹被洗得澄澈，雪白松散的云顺着南风缓缓飘去。

等我吃过晚饭，坐在教室，写上几十分钟作业，黄昏便如期而至。按理说，城区里这样明丽的天气十分少见。群鸟穿过紫红色的流云，万物静止，从最后一排看向窗外，恰好能看到前面那栋楼楼顶的灰色屋瓦迎着夕阳。一时间神情不属，想起日本流传已久的传说——黄昏之时宜逢魔。思及此，我翻开手边的笔记本，里面是摘抄的一句诗，不那么合时宜。

"休问我，彼为谁；

九月露沾衣，是我，待君会。"

七

入校时是 2017 年的初秋，一阶考后，天气才真正转凉，在校门口的同心路，一排银杏由青转黄，从楼上天台只能远远地看见一层辉光。再一个月后，金黄的树叶纷纷飒沓、辗转落地，像人世间种种，终于有了结局。

那些日子天黑得晚，八点半放学还有朦胧的一点夕阳。我和同学踩着余晖慢慢走着，一路走到最后的那缕天光里去，常令人产生一种错觉，这样的静谧，像沙鸥遇海滩、羁鸟归旧林。

三年间无数次重走这条路，总生有些怀古之意。时光转了再转，转到尽头，又成了旧日的模样，像从来没有过文理分科、从来没有过一二三诊、从来没有各种误会与遗恨。

我们只是在梦里经历了一个来回，醒来仍在这条铺着银杏树叶的路上走着。

等到深秋，白果落下，我常常想起从前在故乡拾白果的场景，拾得满手黄汁。后来晓得，白果有毒，不可多吃，才恍然唏嘘。

后来我便常常讲："难得的东西就该去争取吗？你看，银杏树叶金黄灿烂，四十年才结果，可果实却是有毒的。"

八

初中时的学校地处郊区，三环路外。学校实行封闭式管理，全体学生均须住校。早在军训时我便对住校有了极强的不适应感。晚上跑操时，我看到操场外三环路的车水马龙会哭，看到学校对面高楼的万家灯火会哭，看到老师驱车离开会哭。后来实在不堪其扰，办了走读，这种情况才没再出现。

上了高中，因为面积缘故，住校生少，我也就自然而然地成了走读生。冬天时天黑得早，第一节晚自习没上完月光便洒下来了。

从高三楼前的大楼梯向外看，西大街车辆川流不息，旁边的新城市广场人声鼎沸，从同心路校门看，对面的军区楼灯火通明，置身其中的学校，颇有种大隐隐于市的意趣。

一天的学习后，一排排路灯华灯初放，姜黄色的光下万物皆着暖色。

我没有哭，因为我知道，其中有一方灯火属于我。

九

三诊考试考完后，按例该放半天假，可今年不同，因为种种原因，这天上午的假期成了拍毕业照。

不知道其他同学听到这个消息心情如何，总之我是挺无奈的。

毕业照需要拍三组。第一组是穿上校服外套，全年级四百来人站在操场里搭好的架子上。我站在低处向上看，只觉乌泱泱的一群人，极有压迫感。各科老师穿着正装坐在我们面前，郑重其事，好像高考真的结束了，我们重返校园，从前的不甘与埋怨都被付之一笑。

在夏天的末梢，第一场秋雨已经落下，高考已结束，夏日走入终结。人的一生起伏，青春稍纵即逝。很快，高三楼将被一群新的少年填满，他们翻开《步步高词汇 3500》，在 A4 纸上的格子里用不同颜色的笔写下考前复习计划，对着试卷上的错题百思不得其解。大家的生活平淡到连麻雀飞进来都能引起一片惊叫。

从前我总是在畅想，毕业上班后，生活又会怎样。有次我去参加社会实践，发现全然不是我想象的那么回事。职场里，报表文件铺天盖地，视频会议接连不断，桌上冒着热气的保温杯里是清晨来不及喝的八宝粥，一旁的塑料袋里装的是早已冷掉的两个白菜包。

《贤愚经》中，尸毗王舍身救鸽，天帝释问："今作如是难及之行，欲求何等？汝今欲求转轮圣王？帝释？魔王？三界之中，欲求何等？"

王言："我所求者，不期三界尊荣之乐。所作福报，欲求佛道。"

天帝复言："汝今坏身，乃彻骨髓，宁有悔恨意耶？"

王言："无也。"

芸芸众生奔波劳苦，欲求何等？宁有悔恨意耶？

十

开始写这篇文章时，距高考仍有六十多天。如今文章收尾，二十余天后，我将踏入高考考场，四百多位同学将分道扬镳，或许此生再难相遇。我们的中学时代，将就此落幕。

九中三年，运动会、《树德潮》、英文剧、中文剧、招生报……许多许多，相信置身其中的人永远无法忘记。它将被藏在心里，从尘埃中开出花来，就像这些年的岁月，耀眼得如同金子，是一生中最初的绚烂。

现在，满城风雨声声不息，而我只能为这段故事的最后点燃一炷清香，送给即将远行的人们。

佛家有言："无论你遇见谁，他都是对的人；无论发生什么事，那都是唯一会发生的事；不管事情开始于哪个时刻，那都是对的时刻。"

让我们的年华，在浮光里相遇。

以树之眼

魏　闻　高 2010 级 5 班

如果用时间去丈量的话，那我所看到的不过也只是流年几十载的光景而已。

那么在当我化为尘土的某年某日，就请你代替我，在每一个阳光甚好的白昼、每一个星光坠落的夜晚，以你之眼，看一看这个我贪恋着的世界。

岁寒·松柏

当冬天的第一片雪花蹁跹而至，你自岿然不动，傲雪长青。我仰头，恍然想起老舍先生在《济南的冬天》中写到一棵棵松树，毛毡般密密的针叶下是团团簇簇的初雪，不禁失笑。都是一样的眼眸，在他的心上怎就能倒映出这样一幅可爱的景象呢。

冬天是寂寞的。整个北半球都是一片白色，过分的庄严与肃穆似乎有些沉重。还好，有你守护着一丝春天温存的气息、一点点绿意，让懒惰的视神经开始蠢蠢欲动。岁寒，然后知松柏之后凋也。无法想象你是如何从容地站在天寒地冻中，忍受风霜的啃噬。我看不到一丝你站在寒风中摇摆不定的模样，但我却看到你身体中汩汩流动着的绿色的血液，每一个细胞依然在绝境中呐喊着对生命的企盼。没有人不会经历寒冷的冬天，唯有心中的春天才能支撑住我因冰冻而麻木的四肢，让我有足够的勇气去相信，不久的将来就是下一次的春暖花开。

我想拥有一颗不会枯萎的强大的心脏，一双不会看到绝望的眼睛，就像松树你一样。

璀璨·桃树

家里长辈认为我命中五行缺木，于是满月那天，爷爷郑重其事地在后院种下一棵桃树，以求我一生平安。

十六个年头过去了，那棵桃树早已是郁郁葱葱。每年初春，后院便是满树绯红，就像是攒足了全部的生命，忘情地将每一朵花绽放到极致。那样决绝而热烈，短短几天之后，桃花都香消殆尽，随着一场春雨一起落在土上，染出一地嫣红。

然而这样轰轰烈烈地活过一生，以最美的姿态呈现在世人眼前，哪怕最终化作春泥，却也是更护花，又有何遗憾？我看到了你婀娜多姿的笑靥，你短暂却又潇洒的一生，你最奋不顾身的绽放与最壮烈的死亡。

我想拥有一个色彩斑斓的热烈的生命，一双柔情的眼睛，就像桃树你一样。

一片叶子，一棵树，在我心中折射出的是一种精神，一个令我酣然的无人之境。阳光透过叶片交错间的缝隙，亲吻着我紧闭的双眸。它也许不会知道，我正以树之眼，悄悄打量着另一个世界。

珍视折腾

周玲玉　高 2009 级 13 班

静水里的船是没有存在意义的，只有在风浪中折腾一番才能驶向远方；将要破茧的蝴蝶必须把身体从茧上的小孔挤出，不经历这样一番折腾就只会成为一只蜷缩着打不开翅膀的虫子。人生之道如行船扬帆、破茧成蝶，不经历一番折腾何以昭示其不凡？何以呈现其光彩？

如果不折腾，李煜永远只是一个"长于妇人之手"、只会在高楼重幕中听歌女唱曲的庸人。笔下唇红齿白的歌女、晓风残月的浪漫何以使他在文学史上留下别样光彩？失去了江南迷离的云烟才有了"故国不堪回首"的悲哭，失去了王权富贵才有了"天上人间"的哀叹。于是后主吟出了"问君能有几多愁，恰似一江春水向东流"的千古绝唱。古今将相今何在？荣华富贵都若烟云消散，李煜却最终成就"千古词帝"的美名。

如果不折腾，重耳只是那个懦弱的公子，忍气吞声，不敢抗争，追求富贵享乐而没有大志。只有取道诸国辗转奔波才有了坚毅执着；只有饱受冷眼侮辱才懂发愤图强。种种折腾才成就了一个名列春秋五霸的晋文公。

每个人都追求着安适的生活，向往平静，希冀事事如意。然而这不折腾的生活却似滴水，点点滴滴看似是对生命的滋润，实则正一点点侵蚀人生。

如果要我选，我宁愿效仿孔子周游列国，奔波一生，把"仁义"布施于天下，让思想惠泽社会。我不要做"和靖先生"，以梅为妻、鹤为子，成就一人的逍遥，实则逃避了社会的责任，从此不折腾了，生命也变得苍白。

人与动物都有不同程度的趋利避害的本能，但人还有迎难而上，在折腾里展现生命价值的意识与行为。充满折腾的人生绝不是将人绊倒的路障，而是在美玉现世前的雕琢。

曾经的折腾，让苏子得以融合儒释道而成"蜀学"；曾经的折腾，使颜真卿痛失亲人，却成就了其非凡的书法气格。如今路在脚下，前方不知是否已是荆棘遍布，不知人生要经历几多折腾。但无论如何，且怀揣一颗不惧折腾的心，去珍视每一次折腾为我们生命价值的加持。

大　雨

虞君好

适应性考试的第二天下午，下了一场大雨。

不知道为什么，九中的考试，似乎永远都伴随着雨。不管是考前还是考后，降水总是倏然而至，高一高二时总为之一笑，再打趣几句，现下却只余怅惘。

总听老人们说，见一面少一面。从前对这句话无甚感觉，现下再听，却觉得雨也一样，淋一场少一场。三年以来，我早已数不清淋过多少场雨，也记不清为什么要选择淋着雨在天台上望向远处的街道与河流，是为了掩饰自己的泪水，又或是什么。

这一次是在三楼的实验室考试，写英语作文时忽地嗅到了一丝清新的味道，是雨后土壤的气息。写完一看，窗外大雨绵延，黑云压城，银杏的绿影在雨雾中如海浪般摇晃，远处的建筑在乌云的映衬下只剩一个大致的轮廓。这便是夏日的雨吗？我在心里问自己。

我遏制住了扔下笔冲进雨幕的勇气与渴望，因为我知道往后的生活中会有无数场大雨等着我。我却又开始痛恨这样循规蹈矩的自己，因为冥冥中我总觉得，这或许将是我在树德经历的最后一场大雨。

多荒唐，多矫情。

水汽弥散里，我想起高二时做过的诗歌鉴赏，是李频的《汉上逢同年崔八》，不算出名，却字字泣血，依稀记得最后一句是："一回相见一回别，能得几时年少身。"

我不知道李频是在如何的心境下写出的诗句，或是在伏夏的末梢，或是在烈日下，或是在繁星满天的夜晚，我无从得知。只有牵强附会，认为他淋着一场大雨，同友人挥手作别。

不知怎的，我想起苏北的风雪天，雪那样大，大到似乎能抵过漫漫岁月。雪落进人的眼里，变成了一片水汽。原来望见白茫茫的雪原时只觉得的苍凉，现在只觉得悲伤。我认认真真地看完班级群里的每一条消息，尽管如此贪婪，也意识到我们像是在一条永不复返的船上。那个遥远的十五岁是错失的岛屿，有人一辈子停留在少年时代，而坐上船的人奔涌向前，永远不会再回到那个初遇的夏天。

我曾无数次梦见十五岁的自己，有着明亮双眼的少女沉浸在一片幽蓝里。她说离别不是落在食堂的饭卡，不是丢失的历史必修三，也不是在逸夫楼的天台上几个人分着吃完的一筒乐事——而是从一开始就在倒计时，从我们走进落满了扇形叶片的校门的那一刻，从老师在讲台上念出所有人名字的那一刻，离别就已经开始了。

于是我在晨光里惊醒，想起高考后的暑假。早晨的太阳和傍晚很不一样，纯净，透明，几乎可以听得见阳光清脆的声音。像过往的无数个早晨一样，只是没有需要在早自习上赶的理解性默写，也没有要提前半个小时起床背的 *Dear Leslie*。

人这一生，从不是被时间的仓皇流逝所牵制，大多是困在自己这一关。

我困囿于此，将前半生都留在这一场大雨里。

"莫叹兹此难重逢，人间事，本匆匆。"

我为那自由感觉狂

阮诗潼　高 2011 级 4 班

当阳光从窗帘缝隙浸入，丝丝漫撒在我脸上时，我有些清醒了，但不愿意睁开眼。

梦里，我在空中狂奔，有雨水密密迎面袭来，但我的心飞得很高、很高，就快冲破一层柔软的薄膜，就快撩开那浓浓的雾幔了，一丝光亮透来……

今天是周一。

这冰冷的念头蓦地让我从沉思中回到现实。"呼……"我叹了口气。三分钟后闹钟敬业地叫了起来，十分钟后我坐到了饭桌前，二十分钟后我背好书包出了门。

哲人会细嗅自己的手指，因为它会告诉他这天做过的事情。我抬手仔细闻了闻手指。哎——除了面包的麦香味，居然真没有其他的了。

八九岁时，我和爷爷奶奶散步，我一蹦一跳在前，尽情享受着盛夏里一街繁茂梧桐给的阴凉。看见地上的盲道，我突然眼睛一亮，也想试试盲人走路的感觉。闭上眼后，我试着感觉脚下的凹凸不平，慢慢走了起来。

这条路很长，我知道。不知不觉我便加快了步伐，最后变成了快跑。周围夏蝉的鸣叫仿佛就在耳边，还有奶奶在后面的叫唤声，这是一种让人迷乱的自由感觉，让我不舍脱身——我一点也没有感觉到自己已经偏离盲道了。

睁眼的那一瞬，我正正地撞在了树上。

强烈的撞击让我呼吸一窒，连声音都还没发出，我就栽倒在了地上。脸颊顿时变得火辣辣的，既是疼痛，又是羞愧。

脸上的血印几天后才消去。

这是我第一次为自己的"感觉"付出了代价。

自那时起，我的生活就像一条延展开去的丝线，密密地缠绕在了我的心上。

初中时光铺天盖地地卷来，那感觉就像我撞上树时来不及叫一样，我只能承受。上课、考试、评卷，再上课……生活如此有"规律"。

那天下课时，教室喧闹得厉害，我出去呼吸新鲜空气，惊讶地发现学校大厅多了一台钢琴。

它静静地停在那里，低调漆黑的身体散发着宝石般耀眼的光芒。我被莫名地吸引，上前轻弹了一下。那温润的触感缓缓渗入心里。

我不会钢琴，但我知道，它并不会因此拒绝我。

当我抬手按下一个琴键时，"咚——"的一声，就像是敲开了心中紧闭的一扇门，一连串不成调的音符竟顺滑而出。

这时正是冬天，但此小小的惊喜，已足以让我木然的心战栗。

走出大厅后，冷空气扑面而来。我的双眼一阵灼热，细嗅指尖，气息微凉。

然而当我爱上读书写作这两件事时，我才真正地觉得，我还是活在这个世上的。

文字是最令我舒坦的东西，无论是读别人的文字，或是写自己的文字。我可以一点一点地沉浸在自己的思维里，细细品味字里行间的情感中蕴藏的或甜或苦、或浓或淡的滋味。

它不会离我而去，它死心塌地地忠诚于我，它被我赋予了活力与魅力，它有时表达我内心的呼喊，有时又流露出一丝回忆的味道。

只因我可以自由寄托我的想法，从笨拙地体味到明了地表达，我独独深爱……

回过神来的时候，同桌正悄悄拉我的衣服："老师叫你呢!"我茫然抬头，见老师正在讲一道选择题。我涨红了脸，小声嘀咕了一声"不知道"。"什么?"老师没听清楚。这时同桌急忙比了个"A"，我见状又喏喏地开口："选 A。"

"正确，不要走神!"老师瞟了我一眼。

唉……我又在心里叹了口气，一看同桌的书，都翻到四五页后了。

浑浑噩噩地过了这天，我终于等到放学了。

窗外夜幕都已降临，同学们陆陆续续地走出学校。市中心的街道灯火辉煌，染得夜空泛出绚烂的色彩。车辆川流不息，行人脚步匆匆。我向更远的地方望去，映入眼帘的只是栋栋高楼大厦。

可当我闭上眼时，宽广的天空、静谧的夜晚又出现在脑中。前前后后是我经历的一切，过去、现在……

"你在感受城市吗?"有一个声音响起。我愣了愣，随即回答道："不。"

不，我在感受我自己。

爱，是一种阳光的味道

雷诗意　高2011级13班

为了看看阳光，我来到世上。

"为了看看阳光，我来到世上。"这是巴尔蒙特的一句话，而我是从摩罗的同名散文中看到的。开篇就是这样直接而朦胧的一句话，让我困顿在了那里。阳光？仅是为了阳光吗？还是为了阳光带来的金色且如雾一般蔓延的温暖与希望，以及困惑苦恼后阳光的重生？

曾经年幼的我相信很多虚幻的东西。

我相信有这样一片魔幻森林，森林中有天使长着一双圣洁的翅膀。如果我在阴暗的森林里迷路，她便会立刻出现。漆黑低垂的枝丫会裂开一道细缝，从那里泻下一地的华光，如冬日乍现的暖阳。一个天使从远处向我缓缓飞来，带着圣洁的微笑。她赐予我一根轻盈的羽毛，满目璀璨。我随着羽毛一起飘浮起来，离开森林，融入云里。于是我看清了通往太阳的路，金色丝带的尽头一定能通往幸福的天堂……

后来的我开始嘲笑自己，笑自己的傻，笑自己的信仰是多么的幼稚滑稽。

或许我是一个很记伤的人，遭受过的伤与痛即使过去了多年，那真实的感觉也依然丝毫不减，那些过往如电影片段般在眼前闪动着……眺望着那淡淡阳光拢住的暮云，触着霏霏细雨，我们一起高喊着"加油、努力、永不放弃"，可最终誓言沦为生命里注定的幻影。期待的热情潇洒地挥手离去，竟头也不回，如浪子般丝毫无久留之意。现实决绝如无形的杀手一般，挥剑斩断最后的奢望，青丝散落，一滴泪挂在剑尖，直指天涯……哪里还有阳光照耀我的心房？哪里还有天使保护我的希望？我落寞得像一个放逐者，踏上一片新的土地。陌生、孤独、恐慌一分一秒地占据整个空虚疲惫的身体。足下这冷冷的土地，踩躏着我的心。雨后的阴天，空中仅悬着一条孤零零的虹。我立在那里，就那么突兀地立在那里，攥着手中脆弱的勇气，茫然望着远方。湿漉漉的身影，是被雨水淋湿的，还是被泪水融化的？我不懂，唯有抛弃罢。

浮云暗淡，阳光何处？天使何方？

而现在，我渐渐了解了，阳光是照耀一切的永恒，不止照耀过我的曾经。

曾经的光芒不再，就当那是远离的车灯；森林里的天使不再，就看作城市夜晚的霓虹，预示着下一个天亮。我也确确实实看到了。当清晨第一缕光芒射进我的心，杨柳吐绿，花朵芬芳。浮云显得清新、明丽，触到一丝缥渺而真实的感觉。幸福的天使，定藏在那片云后。是鸟鸣，是风吟，是——我们的笑。这笑声告诉世界，告诉我的曾经、现在以及未来，我一直没有被抛弃。当我孤单茫然的时候，我拥有的记忆，那么温馨地给予了我安慰。当面对新的世界恐慌得不知所措的时候，我拥有安宁的慰藉，那是朋友伸出的手，又或许仅仅是一个鼓励的眼神。我爱望着远方深呼吸，看溪流里潺潺流过天使的倒影，任思绪随着这一切漂流至永恒的天际，和那暖暖的斜阳对接……太阳终究要西下，因这耀目的光芒，为这耀目的光芒，我学会了执着、奋斗和坚强。

爱，是一种阳光的味道。

今早起床，睁眼看见阳光穿过缠绕在窗上的藤蔓投在被子上，留下斑驳的光影，我嗅到阳光蒸腾起来的袅袅暖意，顿时感到出奇的清爽利落。

我相信爱，相信永恒。

我的信仰，是阳光。

我生活的世界

李诗琪　高 2011 级 13 班

海德格尔说："人是被抛到这个世界上来的。"

那么，在我被抛到这个世界上来之前，我积累能量的地盘，便是妈妈肚子里那个小小的世界。那时候，一切还是那么纯粹。因为无知，所以得努力地瞪大双眼；因为好奇，所以得挣扎着伸出双手；因为渴望，所以得铆足了劲儿往外钻。由此开始了我的征途。

我曾问花朵，这是怎样的一个世界。它笑着说："这是一个可爱的世界，每一秒都充盈着花开的声音。"

我也曾问雨滴，这是一个怎样的世界。它哭着说："这是一个可恶的世界，我曾是一个多么纯洁的天使啊，我轻盈，我舞蹈，可直到有一天，我选择了这个世界，于是，我和污水混在了一起，我脏得都快认不出自己……"

于是乎，我更加迷惑，我生活在怎样一个复杂的世界……每一条发生过搀扶老人这类好事的马路也偶有酒驾撞人的情况；每一棵小树苗歌颂着新生却也为人类的滥砍滥伐而哭泣；有着对和平的呼唤，却也孕育着侵略的种子……

原来，这个世界没有绝对的黑与白。一种模糊的灰，与每个阴雨蒙蒙的天空融为一体。

可是啊，我怀念当初那个纯粹的世界，那个暗红的嗷待蓬勃的世界。我知道回不去了，所以我迫切地寻找另一个世界。

我开始没日没夜地往书里钻，我爱张爱玲笔下冷艳的爱情，也钟情于安妮宝贝关于五月阳光的倾诉；我喜欢韩寒尖锐的冷嘲热讽，却也倾心刘墉懒散的吟咏。

可是啊，我却也渐渐发现，李白每一次的"对影成三人"，是因为他的世界太过孤寂；文天祥怒吼"留取丹心照汗青"，却也终究是因为他的世界太过悲壮。

我忽然就明白过来，我们是永远无法与我们所生活的世界脱离的，它就是这样，没法纯粹得一尘不染，却也永远不会变得暗无天日。它需要的，是我们为它着色。

我正沉思，那小雨点又回来找我了，它说："你看，你看，我又变回从前那个纯洁的精灵了，我依旧舞蹈、依旧歌唱，我的生命却有了更真实的重量。我爱这个世界！"

噢，我爱这世界！我爱我生活的世界！

月是他乡明

周若冰　高 2011 级 12 班

　　"露从今夜白，月是故乡明"，杜甫作这首《月夜忆舍弟》的时候适逢洛阳沦陷，山东、河南都处于硝烟战乱之中，而杜甫的几个弟弟又正各自分散在这些地方，就连杜甫自己也是远离家乡颠沛流离，因此花陨木凋之时自然免不了孤身凭栏望月思乡。

　　故乡的月亮之所以格外明亮，是因为从前的故乡远离喧嚣战乱、祥和宁静。故乡有老母亲亲手做的菜，故乡有和邻里们一起钓过鱼的小池塘，故乡还有兄弟几个一起喝过酒的小竹林。身处动荡不安中回想以前的安逸舒适，便越发能激起自己对战争带来的国危家亡、生死离别的痛恨。故乡这个承载了所有眷恋的摇篮便越发令人神往。

　　"盈虚者如彼，而卒莫消长也。"月亮虽时刻在变幻，可最后留下来的，似乎也只有它了。静止是相对的，运动是绝对的，而存在却是永恒的。用月亮来抒发郁郁之怀，感慨世事变迁最适合不过了。孤单了，便"举杯邀明月，对影成三人"；闲居上饶，便有"明月别枝惊鹊，清风半夜鸣蝉"；亡国遗恨，便有"故国不堪回首月明中"……此刻幸福的人看着月亮，过去的美好细细密密地铺满心间，仿佛那月亮也是灌满了蜜的。而此刻对身心备受煎熬的人来讲，圆月倒不如无月。月亮尚且圆满，人何以堪？倒是让乌云遮去了也好，见了只能徒增伤感。又是月圆夜，你们，都已远离。

月是故乡明，明的不是月亮，是故乡。

这也仅仅是过去。

现在人们的生活水平已迈向全面小康，交通变得方便快捷，送封信都要半个月的日子已经成为历史，家书抵不了万金，烽火只能在战争大片中看到。没有亲身经历就不能切身体会，因而在战乱中才能体会到的那种"家乡的美好"已然在脑海中模糊成了一个光点。

"没有最好，只有更好"——这句原本励志的话成了生活中新烦恼的根源。每每得到什么，我们总想和周遭的人一比高下，比来比去仿佛总是别人的要胜上三分。有句俗语说道："人比人气死。"人们就在不自觉的比较中渐渐丧失了对幸福的感知能力，转而羡慕别人。

比如我们平时上小餐馆吃炒饭，想点扬州炒饭又总觉得邻桌回锅肉炒饭的味道更好；想点鱼香肉丝，又想着没尝过前面那人手里铁板烧的味道。就这样，直到饭已经吃完了，我们却仍用充满渴望的眼神瞧着隔壁桌，已不再记得自己嘴里的饭是什么滋味。没得到的总是最好的，飘逸如月神也难逃这样的命运。

时代不同了，自家屋顶上空的月亮似乎不如想象中的澄亮了。在一整天劳累后，走在回家的路上，或许大多数人都想着早点赶回家吃晚饭，想着明天的股票会不会涨，想着下个月的房价会不会跌，至于今天的月亮圆不圆、亮不亮，又有何关系？照明的有路灯，月亮的有无便越发微不足道。

我想，如果我去远行，异乡上空的月亮就算是缺损也一定算得上是格外明亮吧。

月是故乡明，明的不是月亮，是故乡。

── 越陌度阡 ──

写给成都的情书

徐梅影　高2011级4班

我的成都，你娇羞地躲藏在群山密布的西南，躲过了九州的饥寒灾荒，也躲过了中原的兵荒马乱。你"远离东南，远离大海，很少耗散什么，只知紧紧地汇聚，过着浓浓的日子，富足而安逸"。

你乘着太阳神鸟的羽翼从远古飞来，在这片富饶的土地上扎根、成长。你没有西安的深沉，没有开封的显赫，不及南京的沧桑，也缺少北京的霸气。可你那超然博大的胸怀，却有着一种别样的魅力与骄傲，让我迷恋、神往。

你像一本厚厚的古书，记录了三星堆的神秘和金沙的辉煌；你像一位灵动的姑娘，听惯了相如的琴声和薛涛的吟唱；你像一盏不灭的明灯，照亮了蜀相的才情与李白的浪漫；你又像一位善良的母亲，抚平了诗圣的愤懑和唐皇的创伤。

你踏着古蜀先民的足迹走来，沐浴着青城山逍遥千年的道教文化，享受着都江堰流淌万世的浸润。你是历史给予我的馈赠，有着与生俱来的人文气质，沃野千里，又不安守农耕；商业繁荣，又人杰地灵；你热爱生活，把品种繁多的小吃与历史一起细细品尝；你悠闲自在，一杯花茶沁浸出了淡然的玄机；你温柔了阳光，暧昧了四季，放慢了时光在大街小巷中流逝的步履。

我的成都啊，你从远古走来，走过了起起伏伏的千山万水，走过昨天，走向明天，走出闭塞，走向开放。任历史风雨雷鸣，任地震惊天动地，你从不倒下，从不停息。走了先民，来了湖广，倒了旧屋，又盖新居。你的稳健，你的坚强，你的博大，构成了你那份无法复制的美丽！

当历史的硝烟散去，当时代的曙光穿透蜀地的屏障洒满天府之国，我的成都，厚积而薄发的你，又开始了与世界的联系。你仍旧低调温润，却不再安守于群山的角落，你深厚的沉淀开始闪烁耀眼的光芒。中国看到了你，世界看到了你，在祖国的大西南，原来藏着这样一块无瑕美玉！2009 年，经受了特大自然灾害和国际金融危机双重冲击的你，又抓住第十届中国西部国际博览会的机遇，向世界庄严宣告——开放的成都，美好的未来！

我的成都啊，你可知道有一颗心在为你跳动，你可知道有一双眼睛在注视着你，为你的曾经而骄傲，为你的今天而欣喜。不，不是一颗心，不是一双手，而是有千千万万双眼睛在关注着你，有千千万万的心憧憬着你，将有千千万万双手汇聚在一起共创你辉煌的未来！

我的成都啊，原来，你早已无可取代！

山水，艳阳天

撒哈拉

城

我一直笃信，一座城，并非以街道巷陌作棋盘、建筑车流为棋子，一局一局，世代不息地延续下去。若没有深厚的文化积淀，城终不会熬过黎明前的暗夜。所以，每一座城都应有自己的性格，或者说，要有支撑它存在的精神。

巴蜀一家，然而重庆这座城市，却与成都截然不同。

山水

天微亮。

我来到重庆朝天门码头，人声一如这潮热的空气。这时，我要感激江水送来的最原始的风，让这潮热消散在孩童玩水的背影中。

我身后拖着沉甸甸的成长的行李。我忽然想把它们暂搁在渡口，待我泅回童年，取一些遗落的往昔。

重庆的水，让我有了想做回小孩的冲动。

我坐在游船上望两岸，看见林立的高楼把凌乱的时光割碎，也看见迷离的山影把暧昧的阳光定格。所有灯红酒绿的、车水马龙的，所有质朴淳厚的、豪情激扬的，都安然地融化在这座城里。

所以我说，重庆是现代与自然，抑或理性与感性的完美融合。深沉，霸气。

夜将至。

我们驱车至南山，品尝许多人极力为我们推荐的泉水鸡。泉水鸡，据说是以南山上天然泉水喂养的鸡为原料制作而成，鸡肉香辣无比而不失甘甜，可谓是重庆火锅外的又一道美味。

我们抵达了一家藏在半山腰的小店。茂密的树在暮色中散发出迷人的气息，与泉水鸡的香味混为一体。这时，头顶再点上一盏朦胧的灯，灯下品佳肴真是快哉！

我们伸着舌头，吸气哈气。这辣，太纯正，但我们仍想大饱口福，于是三下五除二，一钵鸡肉便空了。

大风些许，与遥远天幕中即将沉睡的星辰低语。

但我知道，重庆不会那么早睡去，此刻正是华灯初上、霓虹灼目之时。下一站，一棵树观景台。

我站在观景台极目远眺，发现自己的语言竟是那么匮乏，唯有一声声地说着，"漂亮啊！""好美啊！"……所有的人都沉醉在有"小香港"之称的重庆的夜景中。

永远的饮马河

梁 伟

每个人心底都有一条河流。岁月如水，成长为岸，

在我血液里奔涌的永远是那润泽苍生、守卫和平的饮马河。

一本摊开的书

如果说一条河流就是一部文明史的开篇。那么饮马河便是蓉城发展史中最生动的序言。

站在历史的源点，我从公元前 310 年秦惠王在成都北较场筑城开始，去探寻它的古老，感受它的厚重，倾听它的呐喊，因为这条河一开始就忠实地记录着这座城市的历史、见证着这片土地的光荣。

它总是静静的，没有一泻千里的磅礴，没有巨浪翻卷的汹涌，没有船夫撕裂天地的号子，它的初心是为了抵御吐蕃、南诏的侵扰，历代驻军都在西城城墙外开凿护城河，夯筑军事防线，挡阻千里而来的铁骑。

想当年，这里风生水起、风情万般。河岸上，一不小心就撞在千年历史上，你看那较场边上残存的城墙、永陵墓上精美的石雕、武担山上开明王妃的悲伤、万佛寺中淹没的尘埃……远去的故事风化成世代的景象，每个篇章

都荡气回肠。

踏着古老的石阶，我不厌其烦地想象它曾经的辉煌。河东约三百米处，刘备当年在武担山之南设坛称帝，这是一个永远炫目的时刻，较场内旌旗猎猎，大道上兵车辚辚，比武台鼓角争鸣，壮士们鼎沸的呐喊定格成河谷挥之不去的回音。

当历史走进清朝，清人《竹枝词》记载："满城城在府西头，特为旗人发帑修。仿佛营规何时起？康熙五十七年秋。"原来从马背上打天下的满蒙旗兵驻扎少城，经常到此饮马。从此，才有了饮马河这个名字。

可是，就在这条小河被正名的时候，它一只脚登上历史高点，另一只脚却迈向历史拐点。饮马景象消失了。当饮马河把最深情的一次回望留给历史，东逝流水伴着远去的马蹄声宣告冷兵器时代最后一个精彩谢幕。

饮马有断章，断章亦辉煌。它的光彩不是饱蘸浓墨写下来的，而是河水冲刷沉积出来的。它留下来的故事，生根发芽、枝叶繁茂。

一幅流动的画

放眼望，一道斜阳。

沿岸绿树参差，垂柳摇曳，原始，野性。河堤上长了许多碧绿小草，草丛边开着五颜六色的小花，沟底的水鸟踏波起舞、悠然自得，潺潺河水枕着河床、腾着细浪、沐着波光，十分惬意而安详。

忽然，不知是什么触动了它，应该说是震动了它。那一刻，时光穿越，岁月热闹起来，河流喧嚣起来，一幕澎湃激荡的风云在眼前升腾起来。

远处，飞扬的尘土间打马的壮士时隐时现，达达马蹄响，声声铜铃脆，疾驰的骏马在嘶鸣、在奔驰，风似的把古铜色的城墙抛在身后。

饮马的场景最动人。垂柳抚摸骏马，骏马亲吻急流，急流拥抱斜阳。这短暂的一刻，天地协和，万物自然，那不是铁骑在呼吸、江流在滋养、大地在给予吗？就是这条生生不息、奔涌不止的小河，毫无保留地奉献它血液里的生命因子。

悠悠卷斾旌，饮马出长城。我仿佛看见古城墙边一列列战马奔腾、仰天长啸；一代代铁血将士远征沙场、跃马边关；一面面血红旌旗从这里荡入激流、融入血脉……

这里每一块砖墙，都藏着卷刃的刀剑；每一丛蒿草，都有弯曲的长矛；每一轮浪涛，都游弋着壮士的魂魄。那些斑驳的青苔、垒砌的石桥、苍翠的古柏，都在留恋远去的河水、悼念沙场的壮士、祈求四方的和平。

饮马河畔，千年的马蹄声挥之不散。

一首逐梦的诗

饮马河是一条岁月的河，也是一条时代的河。

为了一座城市，为了庶民百姓，为了整个文明，它始终活在一种使命中。但它是从容的，好像不在意过去、更注重未来，不在意喧嚣、更注重静谧，不在意留恋、更注重开拓，那汩汩流淌的生命之河，永葆洗尽铅华的淡定。

历史和现实在这里对接。漫步河畔，那闪烁着彩色光芒的霓虹灯，那鳞次栉比的高楼大厦，那如雨后春笋般出现的商家店面，都在告诉你，这里已是迈进新时代的饮马河。它以壮士断腕的豪情，勇立潮头，慷慨分流，向北注入府河，向南连西郊河注入南河，让美丽蓉城形成"两江抱城"的独特风貌。饮马河心怀梦想、满载诗行，以历史的底蕴和现实的活力，迎来了沉积千年后的又一次飞扬。

时光回溯到一千多年前的盛唐时期，此地风景优美、热闹非凡，是成都北面的门户。可惜明末清初，一切毁于战火。故址上曾有一座简易木桥，到新中国成立后改建时，为便于郊区百姓进城，才取名"通锦桥"。现在，这里高楼林立、交通顺畅、人流如织、百业兴旺，成为名副其实的通向锦城的地标。

谁都记得，孙震将军捐资办学，选址饮马河畔，坚持以"树德树人"为宗旨，以"忠、勇、勤"为校箴，教育学生忠于国家、民族、社会、职业，勇于为善、负责、求胜，勤于修身、求学、治事、助人。百年树德，意气风发，名师汇集，英才辈出。树德校歌经久吟唱的"振兴中华，服务人群"，难道不是饮马河精神的传承吗？

兵行古道长风。我自小在饮马河畔的一座军营成长。冬去春来，见惯院内高大的银杏树，叶子绿了又黄，黄了又绿。铁打的营盘流水的兵，一代一代的忠勇将士，始终秉承饮马河坚贞的品格和德行，守护这片乐土，彰显时代芬华。

仿佛，我又听到吹响的集结号……

魂牵西藏

佚 名

当从西藏上空投下的第一缕阳光努力透过车厢全封闭的窗户照射进来的时候，我已经被这片迷人的土地完全吸引住了，总觉得我和这片土地有着说不清的不解之缘。一开始就期待这里，并不是因为这里曾被写入作家的华章，也不是因为这里曾被调入画家的笔墨，只是无缘无故地期待这里，期待这里的空气、土地和一切……

西藏的早晨可以说是最美的时刻了，太阳缓缓地升起，霞光已将山体映红，连绵不断的山峰如同一条巨龙横亘在眼前。这里大朵大朵的白云显得尤为洁白，天空也是没有见到过的澄澈，我为能身处这片美丽无比的土地而不胜欢喜。

感受虔诚

人们都说，布达拉宫的雄壮可以征服所有的来访者，所有站在它脚下的人都会忍不住感叹，因为这里珍藏着成千上万件价值连城的世间珍宝。而当我站在布达拉宫脚下时，眼睛就一直没有从那些朝拜者身上移开过，我完全被他们的虔诚之心所震撼。他们中有的人从青岛甚至更远的地方磕着长头来到这里，只为在布达拉宫的一盏酥油灯里，倒上自己家攒了一年的酥油。他们一路上风吹日晒，碰到任何的障碍都会毫不犹豫地继续前进。他们中有的人遍体鳞伤，有的人甚至为此献出了生命。他们走的每一步、磕的每一个头，以及每一次站起后，张开双臂拥抱阳光、拥抱上苍的恩泽时那种幸福的表情都深深地刻在我心里，挥之不去。虔诚这个词第一次在我心中变得如此真实。站在阳光下，我闭上双眼，再次感受着虔诚的力量。

车窗外的幸福

藏族在我的心中，是一个温和的民族，这里的每一个人都有着和善的眼神和纯朴的笑容。还记得我曾经路过这样一个地方，在一片无垠的草原上，几个七八岁的小男孩坐在路边的几块大石头上，一边放羊，一边温习当天的功课。阳光洒在羊群身上，也洒在小男孩们的脸上，他们黑红的脸显得异常温暖。当一辆辆的旅行车缓缓驶过时，小男孩们抬起头，竟向这一车车素不相识的人们招手，那纯洁灿烂的笑容在阳光的衬托下感动了所有过路的旅人。笑容里藏着属于他们孩童时期的幸福，就算他们没有宽敞的教室、没有崭新的书本，甚至吃不饱穿不暖，但这样的幸福却时时荡漾在他们脸上，永久地流淌在他们的心里。

圣湖边的意外收获

在西藏，大大小小的湖泊都被藏民称作圣湖，我曾经在书上看到过许多关于圣湖的传说。纳木错可以算得上是西藏有名的圣湖之一了。传说，站在湖边可以看到一切想要看到的事，它们之中有的关于事业，有的关于前程，有的关于生命，有的关于爱情……站在纳木错旁，湖面水波不兴，我用手指摸了一下湖水，冰凉刺骨，尝一口，有一种咸的味道，但我却什么也看不到。正当我感到十分疑惑的时候，突然感觉有人拍了拍我的肩膀，抬头一看，是一位满脸皱纹的藏族老人。他带着一种孩童般的笑容看着我，我朝他笑了笑，他便从那厚厚的藏袍中掏出一个海螺般的东西，塞进我的手中，用生硬的汉语说了一个字"给"。我赶紧拿着海螺，双手合十道了声"扎西德勒"。老人脸上再次浮现出笑容，然后消失在人群中。我看了看手中的海螺再看了看湖水，湖面上竟架起了一道彩虹，周围的人群欢呼起来。海螺在我的手里，我似乎找到了前进的方向……

一路穿行无限风景

宋斯婧　高 2009 级 5 班

我一直以为，风景是活的。她吸引了游人，是因为她与人们心底的情感起了共鸣。否则，她不该被叫作风景。

当我坐在漂荡的小舟上，脸被江南温和的风吹拂着，发丝柔和地飘动着，耳边枕着姑娘们清亮的如同黄莺般的歌声，侧看那船桨拍打着波光粼粼的水面，一下又一下，坐落在两岸的白屋子缓缓地向后移动着，我更加确信，能与人们引起共鸣的，才叫作风景。

江南的吴侬软语和那温柔的气息温情地包裹着我的感官世界。仿佛是那春天里的一次小睡，让人温暖。心中有一种情愫在跳动，和这一片美景交融在一起。

活的！这儿的一切都是活的！不然，她怎么知道让小鸟儿来欢鸣，让阳光来照亮这一片温情的大地？

如果，这是风景……

当我乘着火车绝尘而去，看那高楼林立的城市渐渐远去，路边的金黄的油菜花一片一片，远处郁郁葱葱的绿，不知要延向何方。田野间偶尔还有袅袅炊烟直上青空。

眼前一片明亮，我的心情也一片明朗。因为这一片风景，让我感动。哪怕是在夜里，打开窗户，让呼啸的夜风吹拂过发尖，看漆黑的苍穹下那一弯明月、远处那一盏盏隐隐约约的黄灯，你的心也一定会变得柔软起来。

因为，是这一片风景拨动了你的心弦。如果，这是风景……

在朋友的推荐下，我背上行囊，去了一个遥远的小城。那个城市有个好听的名字——丽江。很耳熟的一个地方。

我们换了几种交通工具，终于到达了那里。

灯红酒绿，车水马龙，人流不息。有朋友说，这儿真热闹，比咱的春熙路还繁华呢！我点头同意，心里却惆怅起来。这难道就是一个本应很淳朴的小城想要表达的一种美吗？

这个问题一直让我内心不宁静。一直到半夜，我都难以入眠。

窗外，一袭明月，朦朦胧胧。街道上的繁华喧闹已经褪去，只有一盏大红灯笼仍在夜风中摆动着。

我披上外套，独自走上了街。

漆黑的巷子，红灯笼不知疲倦地亮着；青石板路油亮亮的，被刚才的一场小雨冲洗得干干净净；石板下，暗流哗啦啦地从我的脚下淌过；水面上那一盏盏小荷灯，单薄地漂向不知名的远方；忽然出现的一盏温暖的灯光照亮了我不太安宁的心。

我笑了。

这才是我要来的丽江啊！那些古老的屋子在月光下也朦朦胧胧的，似被蒙上了一层银白的轻纱，我哼起了小调，青石板路上，我的脚步声嗒嗒地回响。

如果，这就是风景……

一路穿行。从江南到丽江。景色在变，旅人在变，不变的是那一种与之共鸣的心情。

如果，这是风景，那一定可以让你与她一起分享所有的情愫。

远　方

李雪晴　高 2012 级 12 班

在远方，会有星光。亲爱的世界，请你一定要等我。

　　　　　　　　　　　　　　　　　　　　——小记

　　晚饭后啃着青岛带回的苹果，清爽可口的感觉让我想起了在青岛的那夜，我们三个吃着苹果走在路上，开始了一场从未预料到的冒险。让我想起了青岛蔚蓝的大海、辽阔的天空、轻薄的团状云朵。记得那个在沙滩上的下午，我坐在礁石上，面朝大海，在心中默默许下诺言：要努力做更好的自己，学会以博大、宽容的心坚定地走下去。不管遇到什么，想想那片海、那方天空，学会像它们一样包容一切，什么都会好起来的。

　　在那里，心被填得满满的，即使有忧伤，也被那绝美的苍穹挤走。只要有那样的美丽，我就不会感到孤独，一想起就只有温暖。想起那个坐在宾馆前闲聊的夜晚，那么美好。月光、云朵、天幕、建筑、灯光、街道、三三两两的过路人，还有一颗两颗的星星。又一次真诚，又一次袒露心声，语言拥有微妙的感染力。请原谅我这个容易被感染的人。

　　我渴望呼唤自然的力量，让心灵得到净化与升华。所以每一次旅行，都拥有神圣的光芒。不需要理由，心情便能自由飞翔。我是如此深爱着这个世界。记得从前在回家的路上总会经过文殊院的那棵树，我在心里自私地把它归属于我。我总会在路上说着自己的话，它就静静地听着。风吹叶落，它包容我一切的过错和失落。树在那里，一直，一直，伫立在那里沉默，正如有人说的："极致处都应静默。"

经过文殊院，有隐隐约约的禅语萦绕耳边，香燃烧时淡淡的味道让人安心，岁月的痕迹在深红色的墙上渐渐褪去，留在寂静的记忆里。我慢慢骑着车，不敢发出一点声音，害怕打扰了这里的宁静。

我一直相信世界拥有永恒不变的美丽，那便是自然给予人们的最深的感动。我喜欢背着双肩包、拿着相机在城市的大街小巷里穿梭，记录一路感动的点点滴滴，期望用相机珍藏起世界赋予我的力量。细节、点滴，虽然微小，却仍旧透出无与伦比的美。在心情灰暗的时候慢慢翻看那些相片，就能感到看见点点星光渐渐明朗起来的轻快。

世界教会我乐观、坚强，用宽阔的胸襟去面对、包容。它告诉我，一切都会好起来的。因为自然博大，人只是沧海一粟，我们自认为的再大的痛苦都不过是一种过程，待时间流逝，曾经看似不可跨越的障碍和一时的迷惘都会沉淀为生命中不可或缺的宝藏。到那时，它们会摘下当初令人望而生畏的面具，还原生命最本质的美丽，在广博的苍穹下闪耀着灿烂的光芒。而你会因此明白：这，就是一切的意义。坚定地前行，在最好的时光里，要向着阳光，微笑。远方会有明媚的星光，我相信……

锦城记忆

马可菲　高 2012 级 14 班

我家在金沙遗址附近，每当夏至，眺望它夕阳下的黄金背影时，都会有强烈的不真实感。这种极深沉的辉煌与夕阳西下后霓虹绚烂的"不夜城"太格格不入。但它又确乎融进了成都人的生活，古老与现代的共存显得如此平和融洽，没有了激烈的矛盾冲突反倒让人觉得不舒畅。所以那么多的外省人都太不理解成都人的慢节奏，觉得没有斗争就没有革命胜利，这种不良的社会风气将革命精神扼杀在了摇篮中。其实不是没斗争过，只是先辈们比我们聪明，他们斗争了一辈子总算弄明白了一个道理——日子，就是拿来过的！从那以后，巴蜀文化就成了许多符号，有了"天府之国"，有了丝绸之路，有了李白高呼"蜀道之难，难于上青天"，有了十月芙蓉花开香漫乾坤……

成都人会过日子，不光体现在吃喝玩乐上，也体现在谈论中。成都人爱喝茶，配着瓜子儿，还有品类繁多的小吃。他们聊天话题也颇多，天南地北，大到天下奇闻轶事、风土人情、迥异山水，小到赶早市买的肉比昨日好了几分，逛庙会时花灯如何、川剧如何、舞狮子如何，再或者探讨一下哪里的老茶馆味道醇厚、哪家家常菜可口、今年春天去哪里的农家乐晒晒太阳……就如同余秋雨所说的，"它远离东南，远离大海，很少耗散什么，只知紧紧汇聚，过着浓浓的日子，富足而安逸。"

成都的本质是雅俗共存的。一有太阳出来，两位老友就下两盘小棋，热两碗白酒，吹一晌午牛，如此情形，老成都的市井之民可谓是天天享有。记得小时候随外婆上菜市场买菜，听的是还价声、吆喝声……它们浸透在蒸包子的白雾中，和泡菜坛子的酸辣味混在一起拌都拌不匀。这是俗，既没有北方的那种干净利落的、可称之为豪放的气息，也没有南方那种温婉儒雅的、可称之为婉约的细腻。就是那么朴朴实实的生活，有点爱吃麻辣的喜好用以祛潮闷就知足了。

俗是俗，但生活中本来就处处充满习俗。艺术源于生活而高于生活，所以成都的雅致也是温和的、朴实的。唐代文人们大量的诗篇印证了这一点，"锦江近西烟水绿，新雨山头荔枝熟""当春昼，摸石江边，浣花溪畔景如画""芼羹笋似稽山美，斫脍鱼如笠泽肥"……这些诗句无不给人"色香味俱全"的感觉，而且每一句都是又绵又绸，湿润得就像下雨天的成都，整个城市的喧嚣都被沉淀了下来，越发显得有些诗意又很有生气。茶馆的花茶凉了，雨水的滴答声荡起层层波澜，小巷里的烤红薯车被推走了，雨水冲刷过石阶上的青苔，青苔更绿了，树也更幽深了。祠堂的门被轻轻拉上，祠堂的阶梯上坐着等雨停的爷孙二人，爷爷指着祠堂向孙子讲几千年前的故事，讲他们如何进蜀，带来先进的文化，讲他们如何感叹蜀地宛如世外桃源，讲蜀人多么渴望飞跃重山峻岭走向外面的世界……

成都的雅致是极隐蔽、极深沉的，没有长时间地在此处生活是无法察觉的。我们不把过日子和品日子混为一谈，过的是日子，品的是风雅，如果过日子都要像做文章一样一板一眼，什么都要求个用词恰当，那也就太精细了，日子过得比做文章还累，何苦呢？所以余秋雨又说了，"沉静的成都是缺少这种指向的，古代的成都人在望江楼边洒泪揖别，解缆挥桨，不知要经过多少曲折，才能抵达无边的宽广。"这确实也是成都身处西南的一个弱势，蜀道太难，阻碍了成都从深厚走向宽广。古老蜀国的图腾是鸟，蜀国的子民从来没有停止飞跃大山的渴望，李白走了出去，苏轼也走了出去，震惊了神州大地，将这片土地上的殷切希望带到了中原，带入了历史，也带向了未来。

今天的成都，发展的前途更广，机遇更多。在不断接纳多元文化的同时，不要忘记了本土文化的存在，看看蜀锦蜀绣，听听川剧唱腔，品品川西风情，你会发现一个城市的精神内涵是不能用金钱物质来丈量比较的。太阳神鸟出土的一瞬间就在向外宣告，这是一个古老与现代并存的都市。三千余年的历史距离要靠你我去拉近、去连接。我想只有当一个城市拥有了如此的底蕴才能走得更远吧。

我由衷地爱着这个城市，也许今后会离开它，也许大半辈子都会思恋它，但就像这世上千千万万的游子一样，心中密布着这里的古林，流淌着这里的江水，充斥着麻辣的香味，弥漫着悠悠的情结……那时候我一定会对自己说，总有一天终将落叶归根，不管跋涉得再苦再累也割舍不下故乡的气息、故乡的记忆……

多少年以后，衣锦还乡之时还能再次看到那些曾经的痕迹吗？也许能，也许不能，但不管如何，当你看到一位老人在夜雨中独自撑伞坐在路灯下的椅子上静静流泪时，请不要感到惊讶，那是他在倾诉年轻时未表达的对故土的爱，在珍惜得而复失的幸福，在聆听记忆中的那一声遥远的呼唤。

千年的守望

唐明晟

耳畔，辽远而孤寂的鸡鸣唤醒了沉睡中的山水；雾气，大概也是在此刻氤氲了起来。拄着雨伞，披着雨衣，去看黄果树瀑布。

在我的想象中，黄果树瀑布用柳宗元的几句话来概括最为传神："隔篁竹，闻水声，如鸣佩环……青树翠蔓，蒙络摇缀，参差披拂……四面竹树环合，寂寥无人，凄神寒骨，悄怆幽邃。"

但开发成风景区的黄果树瀑布是嘈杂的，耳边充斥着叽喳的碎语与咔嚓的拍照声，浮躁的众生有着千篇一律的灵魂。山水的灵魂是不一样的，不会因为众生的评判而不同，它汇集在山、树、水、雾气、石桥、游鱼之中。在瀑布的脚底下，我没有打伞，任凭水汽在脸颊上凝结、流下；我没有透过机械的眼光来审视它，只是选择了在人群中的一隅，看着飞泻而下的水流。

如翡翠般晶莹剔透，如白玉般纯洁明亮。

静流了万里的江水集聚了一身的能量，从崖口重重地摔下一颗颗豆大的水珠，发出犹如雷声的轰鸣，响彻云霄。华夏山灵的精华在水中荟萃，跨越千沟万壑，击打着大千世界的顽固，发出生命的呐喊，与尘世相会。我愿溯流而上，追寻这坎坷的灵魂。

我猛然想起来，在数百年前，有一人也曾一袭布衣，遍历山河，追寻这独属于神州的自然之魂。他也在这相同的地方，抬着头望着一泄如注、势不可挡的瀑布，沉思良久。

诚然，离瀑布不远就有一尊徐霞客的雕像。他潇洒地斜坐在一块顽石之上，眼神坚毅而充满期待。他所朝向的，正是他所述的"珠帘钩不卷，匹练挂遥峰"的黄果树瀑布。

即便他已纵览山川，"养在深闺人未识"的黄果树瀑布还是带给了他心灵上的震撼。而徐霞客的心灵，正是为了感知山地灵气而生："捣珠崩玉，飞沫反涌，如烟雾腾空，势甚雄厉。"在山水中，沉积的是山灵的气息。而这山灵的气息，在黄果树瀑布千年的冲刷汇集下，展现得淋漓尽致。想必徐霞客，在此刻得到了满足。

大丈夫当朝碧海而暮苍梧，这是他少年时期便抱有的凌云壮志。面对功名利禄，他不为所动，他所心驰神往的，只有三尺书院之外的广袤天地。

二十岁，他踏上了自己的旅途。

三十年间，不知他踏过了多少名川大山，看到了多少瑰丽奇炫的景色；三十年间，不知他遭遇了多少风餐露宿，面临过多少次死神的威胁。

他曾因为没有住宿，而在山洞中歇脚；他曾冒着生命危险徒手攀登雁荡山，寻求瀑布的源头。

他一直行走在路上，他一直没有停下自己的脚步。

支持他走下去的动力源，是对自然的热爱，是对祖国山水的热爱，是守望祖国宝藏的决心。若是延长他的生命，他定会不知疲倦地行走在中华大地之上，用千年的时间来静静地守望属于华夏民族的瑰宝。

千年的守望，是他的初心，是他的追求，也是他生命的终极意义所在。

徐霞客也就这么简简单单，用最朴素、常人最容易想到但是最不易做到的方式完成了对华夏的丈量。

少年脚着谢公屐，仰天大笑出门去，守望起于斯。

老人乘着滑竿，拖着病体从丽江返回江阴，守望止于斯。

徐霞客的精神传承千年，从未中断。一辈辈的中国人拾起他的遗愿，继续着对祖国瑰宝的守望，至死方休。

时钟的指针拨回当下，回转到瀑布下的少年。

应该做点儿什么呢？少年心事当拿云。

吾辈虽不必像徐霞客那样用双脚去丈量祖国的大好河山，也不必像信徒那样匍匐前进在朝圣的崎岖山路上。小荷才露尖尖角，千里之行始于足下。人生的道路上，怀揣梦想的初心、志存高远的胸怀、脚踏实地的探寻，不正是我们应该铭记于心、躬身践行的永恒主题吗？

绣蓉春

陈　晨　高 2011 级 2 班

　　蓉城的春天，永远像一个端坐在机杼旁织布绣锦的蜀中女子。不论窗外流光几岁，总不紧不慢地用素手在洁白的绢布上绣出精致纷繁的纹路。

　　芙蓉城三月雨纷纷，宛若细密的针脚穿插于天地之间。此时若清闲，可找一柄伞，走进飘飘洒洒的漫天雨幕，倾听雨丝倚在伞顶轻柔的慨叹，似在唱着古蜀失传的民谣。即使撑的不是散发着桐油香的油纸伞，也会觉得自己就是那着古服的女子，正缓缓走过爬满青苔的墙脚。

　　春天对于蓉城而言，就是一盏刚沏的盖碗茶，只需将盖子在碗上漫不经心地轻拨几下，那阳光便和着冬寒初融的清新从云后弥散而出。那就收了伞让阳光在衣襟上打几个滚吧。若是循着光向远方望去，说不定还能瞅见雪白的梨花在风中微颤，那是织女遗落在人间的素锦。

　　春日里的阳光不若冬天的寒凉、夏季的火热，更像是孩子嘴里哼的活泼小调，一路欢欣鼓舞地和着拍子往前冲，就算是不小心撞落了哪棵树的花蕾，也就吐吐舌头又跑远了。追着它的脚步的人有时真想带个碗来扣一碗温和流转的阳光，去温暖尚有些清寒的夜。

　　但那完全没有什么必要，你自然可以在某个月光泛滥的夜晚披一件薄衫，去赏蓉城别有意味的夜。月华四溢，浣花溪的湖中央亭亭地立着一棵桃树，像是从《诗经》里走出来的女子。满树的桃花被月光镀上银光，愈发冷艳。那花尖上残留的红，在风中轻轻摇曳着。夜半的风尚有些厉，桃花紧紧地抓住树枝，却不敌晚来风急。无数的花在风中漫天飞舞，像一个华裳翻飞的古代女子，在泠泠的月光下踩着鼓点翩翩起舞，相谐静好。有的落在了回暖的湖水中，泛起点点涟漪，若冰若玉；有的在黑夜中泛出温润的光泽，星星点点。

于是有人叹了，又一年冬夏。

其实春天必然是这样的，它可以给人带来"渔舟逐水爱山春，两岸桃花夹古津"的生机盎然，自然也会带来"况是青春日将暮，桃花乱落如红雨"的易逝伤感。若说冬日是一味的寒寂，夏日是一味的沉郁，秋日是一味的肃穆，那么春日则在阴阴晴晴、忽寒忽暖中充满了希望。

所以收起伤春的心思，若不嫌吵就找个小茶馆坐坐，捧杯茶听着隔壁桌的人闲散地聊着家长里短，倒也惬意。

眯起眼看向黑夜，说不定还能看到个女子遥坐在九重宫阙之上，正一针一线仔细绣着蓉城的五月花叶深、六月杏花村。

擦身而过

周若冰　高 2011 级 12 班

～～～～～～～～～～～～～～～～～～～～～～～～～～～～～～～～～～～～

——就这样擦身而过，如果这是注定的结果。

暮春时节，花褪残红，江南水乡特有的氤氲朦胧的气质在芳草盈盈的映衬下染上了些人间烟火的味道。

漫步在铺满岁月磨痕的青石板街上，屋瓦已失去当年犹如画龙点睛般明丽的色彩，斑驳的红漆仍残留在时间的空隙中，流连不肯离去。落日的余晖洒在那花已谢、果未结的细枝半腰，徒增一丝遗憾。这时候，一阵格格不入的笑声银铃般地咯咯响起，夹杂着老木秋千活动筋骨的嘎吱声。

猛然抬起头，下意识地寻找这声音的源头，心情杂乱得需要一把梳子——这笑声竟是因我而发？满满的震撼与惊讶不亚于雨季习惯了带伞出门的人们步入街头后发现竟是晴空万里一样——尤其是感觉自己刚踏上路途，太阳便欣欣然露出了脸，好像是因为我的存在似的。举头再望，满街连片的老房子，门或开或掩，人或站或坐，对话笑闹之声不绝于耳，却再无佳人铃音所踪。

"咯咯咯……呵呵……"又传来一阵蓬莱仙音般的笑声！此时此刻，一切喧嚣都消散了，仿佛被摁下了静音键，唯留佳人笑语盈盈。一回眸，这才发现笑声来自一堵低墙背后，仍然是伴着木板秋千干瘪的诉说。不知怎的，心口按着某种特定的频率敲着鼓，太阳穴也踩着节奏突突地跳着。心里总有固执的念头在感叹："这快乐是纯粹的，是发自内心的。哪怕夕阳西下，残花将谢，秋千已老。"于是三步并作两步走到墙边，墙虽不高，却又刚好挡住视线，一时无奈竟开始沉迷于幻想。

如此佳人，纵使有幸一睹芳容，也不失为人生一大乐事。于是伫立良久，妄想着那久久尘封的后院门能顺我心意地开出一条小缝。

不知何时，也不知过了多久，一直有一搭没一搭出现的秋千晃荡声也停了，街上人群早已散去，佳人早已不觅芳踪。满心的失落快要溢出来。忽而一阵风吹过，吹散了夕阳的余温，吹开了路人的话语，吹淡了朦胧的水汽。如果不能满怀惆怅，方才的佳人就仿佛未曾出现过，那勾人心魄的笑声也只是南柯一梦。

正道是："笑渐不闻声渐悄，多情却被无情恼。"

脑海中不断重复着那怎么也不让人生厌的笑声，如果没有那堵墙，佳人也许就会与我并肩，高荡起秋千，让我感受到她快乐的气息。可清风吹散我的念想，江南还是那氤氲朦胧的江南，青板街上依然布满青苔，斑驳的乌漆连绵不断地低诵着古老的唱词，可佳人已不复存在。

无奈苦笑，就这样擦身而过。

白玉杯前

佚 名

光阴逝处，沧海桑田。人只一世，杯中千年。

古老的洛阳，冬雨敲着门墙。我撑着伞，进入洛阳博物馆，来探寻历史的遗迹。这里汇集着众多的文物，画像砖、彩陶人都流露出一个时代最精华、最凝练的风采。可最引我注意、惹我上前细看的，是它，一个小小的，曹魏时期的白玉杯。

柔和的灯光围绕着杯身流转，在它那无一丝瑕疵、又无一分雕饰的躯体上，时光好像静止了。浅浅的、羊脂色的、剔透的白，使我当下有些晕眩。这种恍惚而不真实的美感，是为我所熟知的，与这玉杯同属一个时代。

我的脑海中萦绕起那个青年的诗篇。

建安，硝烟四起，烽火燎原。就在这片焦土上，他的诗好像战歌，在四野上唱起了，而且是越唱越大声，丝毫不向世界掩饰他的锋芒，他从来不羞于展现他的志向。"白马饰金羁，连翩西北驰"，看，一位手执长戈、肩挎弓箭的英雄出现了。他骑着高大的骏马呼啸而至，若路人问询这是谁家的孩子？他便朗声作答："幽并游侠儿！"少年武功高强，灵活机敏，但最重要的是，他有远大的理想。"名编壮士籍"便"不得中顾私"，战斗面前他没有怯懦，只有满腔的热血，汩汩涌动在他的心间，也沸腾着时代的脉搏。

"捐躯赴国难"，这纯真的家国理想，"视死忽如归"，这纯洁、坚定的内心力量，在曹植的笔下磅礴而出。一千八百年前的白玉杯，尽管默然无语，却与诗人那拥有着"皓皓之白"的心灵相印相通了。温润无瑕的玉杯，你究竟想告诉人们什么呢？

我绕着这单独放置的展台观赏。从四面八方看，它好像同一副模样；可仔细地观察，那圆极的杯底，线条流畅的杯身，分明如此易受摧折，而这不掺杂质的白，又如此易蒙尘埃、如此寒凉。

当曹操过世后，曹丕很快篡汉称帝。无论《世说新语》中记载的七步诗一事是否为真，曹植快乐积极的时光已然到头。命运的凄惨已开始侵蚀他的笔墨；他甚至没有定居的资格了。"浮萍寄清水，随风东西流""转蓬离本根，飘摇随长风"，两年一迁、三年一徙的生活，让他成了痛苦之河里一条孤独无依的舟；可就算这样，他仍然仰着头——在洛水之畔，巉岩之巅，洛神出现了。她的身形翩然若惊鸿，身姿轻捷好像游龙，有轻云飘忽闭月的朦胧，有流风婉转回雪的灵动。岸边秋菊粲然盛放，像极她容颜里蕴含的欢欣；山间青松郁郁葱葱，正是她身姿的端正挺秀。

诗人解下玉佩，垂首向洛神倾吐着敬慕。洛神的心亦被这凡人的真情感动，可人神难道不是终将殊途？他们只能作别，他们必须作别。她踏着白云去了，远了的是她素色的裙裾，是皎洁的明月，是察察的雾与风；留下诗人在原地，依然遥望着他的梦，秉持那份坚贞清白的、独立于世的操守……

玉杯，你是否由一块玉佩幻化而成，也盛装着痛苦中绽放的美，吐露着高洁灵魂的芬芳？斗转星移，春秋千度，你仍浑然无缺、皓然无尘，不正是在彰显给后世人这样的道理：洁白之志坚不可摧，浩然之气永不可挡！

曹植英年早逝，建安文学之仙葩一时凋零，令人扼腕。然而后来的"竹林七贤"，达官面前打铁，刑场上拨广陵，尤以竹般的清白为志；唐宋文人——飘逸如太白，沉郁如老杜，达观如东坡，毅然如文山，仰观明月，俯探山河，仍以高洁为向；明清士子，立在敌国的坚船利炮前，还显出凛然不可侵犯之色，将这白玉之白，坦然示于八方，铭刻在中国文人的血脉中……

在白玉杯前，我要深深俯首，也颔首。

光阴逝处，沧海桑田。万众之白，可耀千年。

躺在江边，静静的

冯　骜　高2010级2班

余秋雨说："我发现自己特别想去的地方，总是古代文化和文人留下较深脚印的所在……这是中国历史文化的悠久魅力和它对我的长期熏染造成的，要摆脱也摆脱不了。"我想，不仅仅是他，只要受到中国文化熏陶，总不免有这样的情结。

我，也不例外。

岷江沿岸中，躺着一座又一座的小镇，它们在频繁的战火中轰然毁灭，又在短暂的和平中慢慢重建。最后，当历经千年的封建势力终于成为过去，它们也就安静了，只是守望着那流不断的绿水悠悠。江口——一个早已远离了鼓角争鸣的小镇，吸引了我前去探访。我轻轻地叩响了它的门，然后一脚踏了进去，跌进了一片氤氲的回忆……

江口，既比不上数朝古都西安，也不像繁华得甚至有些靡乱的扬州。它只是作为进出成都的水路要道，默默地接纳着来自四方的商贾。因此，这里便有了各种文化元素的碰撞。最好的证明，便是在这儿出土的各式各样的器皿。值得一提的是，这里曾出土了一棵弥足珍贵的汉代摇钱树，现存于四川博物院。虽无缘一睹其真品，但看到它的仿真品，也能安慰一下自己。看着那满树铜钱样式的图案和顶端立有的仙鸟，可以想象当时人们是如何希望获得财富、获得幸福。不是人们贪心，而是确实需要养家糊口，维持生计，平安一生。人们虔诚地供奉着它，稽首膜拜。

一段悠长的历史中，当然少不了美丽的传说。据说，在离小镇不远的地方，彭祖的妻子死后两次转世投入人间，都嫁给了他。他妻子很疑惑，问彭祖："我都死三次了，你的阳寿什么时候结束？"彭祖告诉她："我的名字正好被线压在了书缝里。"其妻死后，到阎王那里去告状，阎王勃然大怒，翻开生死簿，找到彭祖后，在他的名字上划了勾。这个故事，寄托着多少人对生命延长的渴望。可岁月不饶人，繁华凋尽，昌盛飘零，即使活了八百岁仍旧要死亡，曾经鲜活的生命都要消失，只留下荒草萋萋的墓冢，让人凭吊。还有些生命就如沧海一粟，在匆匆的岁月中走过，没有留下一丝痕……

相比缥缈的传说，这个记载就真实多了。相传，明末清初，张献忠率船千艘，满载珠宝，顺江而下，停驻江口。然而天有不测风云，突然间，战鼓震天，士兵们拼命护着宝物，可结局却令人心痛。船沉了，宝物沉了。说也奇怪，当初水清时，看得见宝物，可就是打捞不起来。官员们只好作罢，人们把此当作茶余饭后的话题。没曾想，却真的挖到了东西！修楼，打地基，人们惊奇地从淤泥中挖起沉甸甸的银锭子。这种事时有发生，人们就见怪不惊了。

累了，停下来坐坐，泡上一杯仙女茶，闲适中品着茶香，让"青山绿水"滋润你的肺腑。饿了，点一碗热汤，临着江边，看着古老的吊脚楼，也让自己去感受一下古时的气息……

夕阳西下，我也该启程走了。我走出了小镇，走到了喧闹的公路旁。傍晚了，岷江江面腾起了一层淡淡的雾，看不清，摸不着，谁的眼神又在此刻迷离？

我停住了前进的脚步，回望江口……

游光雾山桃源记

夏海钦　高2012级4班

良辰美景，国庆佳节，举家出游，于十月六日从西安返程途中，过秦关，方睹光雾山崎立于侧，雾锁烟迷，水流淙淙，似有仙风云气，大有脱红尘之感。车停景区，有游人络绎，路边售票亭陈书二字"桃源"，正联想陶公寻源之际，父母已催促前行。

于入口两百余米，有观光车站，母性急，问询游程，师傅详解，滔滔不绝，而后言光雾山有三处景点，桃源为代表，盖以山之奇伟陡峻而闻名，以秋之红叶满山而增色。沿途车行，见一谷地，地广盆高，溪流湍急，其间峰峦矗立、沟壑纵横、山涧飞瀑、花草丛林、蝶舞鸟鸣，无一不生机盎然，而后叹游人行而忘路之远、诗人吟而不知其返。或曰，桃源两线至沟脊，恍若神龙盘踞，五彩祥瑞，地气氤氲，乃清净心神之美。而后车行狭道，地势渐陡，蜿蜒蛇行，众人越发静声，紧抓扶手，皆为山之巍峨、崖壁直立而胆寒，更为师傅泰然自若行于陡坡高崖而赞誉。余临窗而观，峰高入云，直插天际，绝壁疏途，不可猿攀唯鹜以筑巢、鹏以栖息，又非燕雀之能至也。噫吁嚱！竖峰不灭破天梦，九霄青云以为志。非壮志青年而不可图之也。王安石所言"夫夷以近，则游者众；险以远，则至者少。而世之奇伟瑰怪非常之观，常在于险远，而人之所罕至焉。故非有志者不能至也"不余欺也。

车停于山腰一小平台，峰顶赫然入目，年老者，不敢轻言而登。二老随车而回，父母随我而上。余斟酌良久，乃负水背包，大有挑战雄峰之气、脚踏凌霄之志也。路为青石，隐于葱茏，峰回路转，又见游人笑语，蜿蜒曲折之后，青石高低不一，又远眺石梯竖立、直挂云霄，惊叹之时，方感山风袭人，寒意骤起。行不及百米，母已气喘吁吁，心生退意，父不忍离去，伴其缓行，余摘一木与母拄杖而登。只见山顶于上，却道路曲折，沿山石而转，行不多远，越感呼吸急促，盖山高气薄，汗湿于背，山风凌厉而入，若进冰窟。停步斜坐，抬眼看峰顶之上，白云悠然，树木苍苍，枝虬刺空，或曰："山那边乃山也，风光无限！"顿感疾风劲草，坡陡梯窄，李太白曾叹蜀道行难，虽如此，若不负所托，扶摇直上，岂不平步青云，与仙人同列，氤氲紫意，畅神肆于天下，游目之所极，极听之所需，需痛快之感，自然仙风道骨，遗世独立，除此之外，别无所凭，俯瞰百川，一切皆为蜉蝣，唯我独尊，岂不快哉！于是自信倍起，抖擞精神，拾坚木以为杖，三足交并而上。少焉，行见二老从山顶而下，鬓发苍雪，奇而问之，男七十有六，女七十，大惊，忙扔掉杖木，整装信步，路边泥中落栗，青涩苦绝，乃拾五六，装入囊中，以待励余心志。视其峰顶，天呈一线，两崖阻绝，大有吞吐万物之势，漏斗之态也。继而前行，越之而豁然开朗，其晦暗变化者，漏斗之颈项也。极目远眺，群山绵绵，横亘无绝，举手而揽，似有浮云入怀，天光澄清，明亮于顶，背阳而立，恍如佛光。下方绿林修竹，一片葱茏，纤云弄巧，燕影倏忽，又有碧水如绢，倒影如画，忽隐忽现于群峰之间，与阳光交相辉映，水汽、光影错落有致，混为一体，盖光雾山之由来也。登高之感，若畅游天穹，不由而喝曰："李白寻仙若来此，不受待见也自怡。"又思及太白"一生好入名山游"，却无缘此景，大为嗟叹。

山顶有路蜿蜒，路平而坡缓，信步于树影婆娑、光影跌宕之间，乘微风拂面，顶灿灿阳光，甚是心朗气清。此处有观景台三处，分东北南而立，呈围山之势，辐射向外。东台远眺，有七仙女嬉戏之观，山形窈窕，顶盖绿冠，惟妙惟肖，栩栩如生；北台而视，望远峰鹤然独立，其形状如望远镜；南台隐于峰壑之中，唯见万山鼎立，朝向一隅，细辨之，有一峰独立，宛若坐状，乃悟游人所言"万山朝圣"。今之所得，或闻于途，或观于景，大千世界，无奇不有，今之所得，大于疲惫，心旷而神怡也。南台之侧，有古桦一株，然已枯老仰卧，苔藓丛生，盖已千年，唏嘘不已。

余是故休憩于山峰之巅，仰天地之不朽，察品类之无极，目之所至，思之所远，乃悟凡登仙修成，总在百炼之后，是故学业有成，必有寒窗之苦；业之泱泱，必有经历无数。后感陶公所言，"林尽水源，便得一山，山有小口，仿佛若有光，便舍船，从口入。初极狭，才通人，复行数十步，豁然开朗"。桃源之行，豁然也，乃赋路志铭，以彰其志。

余终见父母，双亲相携，竟也足以至此。余父引吭高歌，声似雷动，雄浑铿锵，顿生豪情；余母手执相机，唯恐遗失千山万水。盘桓良久，无奈光影渐隐，遂离去。母欲绕山而行，于是顺西而下，有溪流相伴、林木为友，幽陌小径，没于丛林，不知通往何处，迷途未返者，尚未可知。其间越溪几许，路径曲折、陡缓交替，又有搭木成行，铺于溪上，或曰："古之栈道也。"

母举杖而指，沿山而转之，桃源栈道，古谓之"米仓"，米仓，屯米之处也。又曰："萧何月下追韩信，曾于米仓道上以石为盘，萧何三胜赢重言。"父饶有兴致，吟曰："不是寒溪一夜涨，哪得刘朝四百年。"萧何三弈信，三胜之，三劝三告，终留韩信于汉王麾下，是有四百载刘氏王朝。余执迷于传奇，乃细观之：栈道落壁，凌嶂千里，悬崖阻绝，直通三秦。出可攻，退可拒，敌国恨之而垂涎，家国重之而固守，战略之要地者也。

万千沟壑，虽偏远如斯，竟也与政治、军事而连，胜景、关隘、传奇，无不心向往之，若非用力而至峰顶，赏群山之巍然，用心而劳途于栈道，感历史人文之美，岂能至焉。

日落归西，雁返归穴，水声、虫鸣声、步履声以及母拄杖触地声，混为一体，光影随山而逝，一家三口，独行于山谷幽涧，乃忆师傅所言，此栈道约三小时路途，心戚戚焉，突闻人呼声，乃师傅车停接余一行，终出而见二老，离桃源而去。

桃源一行，细思微末：黄发垂髫，快然攀山，步有长短，志有高低。身体力行者，心比高天；踯躅不前者，无心而援。是故乐安天命，欣然于世，此百民之所求也。嗟乎！余独登顶，众山小矣，环游群山，见栈道之美，此生无憾。呜呼！再思陶公寻源，峰回百转，訇然中开，终寻桃源于心，犹是然也。

二〇一三年十月六日，同游者，余父余母，二老也。

后记

翌日而归，听友人述：光雾桃源，又名"小山峡"。光雾立秋，红叶漫山，香山回暖，在乎于色，渺渺兮炽眼。天青地红，冷暖交叠，阴阳分割一线而银山兀起，此乃人间绝景、极致之美也！

御 风

范柯烨

我不是那末代骑士，我不是那长安少年。我只是北上的南蛮，那烟火缭绕的山川泽国才是我的故土。

忽然忆起北上内蒙古的旧事了。

那是一场匆匆的北上，不为那里的碧天青草、白羊彩帐，只为一场烟火气十足的婚礼。

那么繁华的婚礼，到如今只剩下斑驳的红锦，仍响在耳边的却是风的低吟。

我生在山国里，北上秦岭峰峦巍巍峨峨不可攀，西去横断山脉逶逶迤迤行路难。到底是纵横四海的飞仙太白也要一唱三叹的高山，我在多山多水的怀抱里井底之蛙一般度过了十数载。

空中巴士到底是比黄鹤更善飞的"鹏鸟"，载我越过重岩叠嶂，越过日夜吟咏的长江，只在那长安旧都略略歇脚，长翼一展已是塞外。在那里，敕勒歌中吟唱的草原碧绿得古今相同，一代天骄的故土如今兵戈已收。那里是雉堞隐隐的长城千防万防的敌手，是弯刀凛凛的骑兵千里奔袭的沙场。

时已盛夏，草原的风却是透骨的凉，催着短衫薄衣的南方人一层层地裹上长袍。沁骨的凉意似从长白山终年的冰雪上吹来，吹得草原的天高气爽一如初秋。

大概是草原的英灵仍在长啸。这里的人们身强体壮如同神骏的野马，动辄大笑，笑声如同塞上仍旧回荡的千年战鼓。

我入住的酒店前有一只灰狗，大约是饮久了草原的风与水，生人一过呜呜咽咽的喉音竟似狼嚎，吓得见惯了南方憨态可掬的家犬的人们，战战兢兢地绕道而行。

隔天便是婚礼，过程如何已不甚清楚。只隐隐记得酒兴酣畅的席间，有人曼声高吟，声音像窗外呼啸而过的长风。

次日便足踏绿茵，头顶青天，离离原上草接天而去，神思颠倒间，惊觉天地倒转，碧草为天。

马群施施然走过，惊破我的遐想。踢踢踏踏踢踢，为首的高马，悠悠然，欣欣然，像是君王巡行。这草原合该是它们的王土，它们的先祖千年以前便在此地奔驰，人贸贸然闯入它们的领地，这土地上仁慈的君王便以极大的宽容接待了这不速之客。以马为生，一个一生流浪的民族由此繁衍。

只如今，四轮的机械风驰电掣地扬起黄埃散漫，千里马的传说也渐行渐远。它们也就从从容容地宽解鞍辔，只偶尔逗趣般同人类共舞一场，权作闲暇消遣。

我也有幸成为一位小姐的舞伴，同她一起跳一支远古之舞。

韦文靖定未见过塞外的千里青碧，否则又怎会将那浊流比作青天。一位草原汉子带我这无知骑手而行，信马走过数里。间或有祈福的彩旗猎猎招展。仁慈的长生天啊！我默默祈愿，可否赠我一朵云、一缕风、一捧土，让我这井底之蛙归于崇山峻岭后，仍可忆起这自由的旋律。长生天不曾答复，一路吟啸的风声却暂且收音。一顶白庐赫然在目，温顺平和，一如不远处的羊群。骑手语调生硬地请我入内喝茶，微温的咸茶入口，被风冻伤的肺叶和心瓣得以复苏。暂歇脚，翻身上马，眼见已近终点，心中微憾，到底年少，不曾被允许纵马驰行。

可是身后骑手的声音响起，不啻长生天的福音。短短几句指点，便放手任我前行。

再快，再快一些。胯下的驽马，似通灵性，四足快迈，将要御风而行。

这时我似骑着杜诗中的胡马，化身那牧马塞外的少年。任风烈烈而呼将我挽留，我仅是奔驰，仅是奔驰，与那滚滚年华赛跑，伸手一勾，永恒的尾巴与我擦肩而过。

我像是独自骑行在长日的堂吉诃德，或是银鞍照白马的少年侠客。快马奔驰间，尘世喧嚣被我抛下，少年意气如此迸发。

可这只是一次体验，我不是那末代骑士，我不是那长安少年。我只是北上的南蛮，那烟火缭绕的山川泽国才是我的故土。

归去归去。

归途的钟声搅得我在雪帐里夜不成眠。

瑟瑟地裹着厚袍，怯怯地踏出穹庐，我便一脚踏空，落入了四野星海。

夜色冥冥，星辉熠熠。仁慈的长生天啊！从来不吝啬赐予信众佳礼。

星光冷冷是几千几万年前星的眼波，跨越阒寂的真空，来到天穹下瑟瑟的蜉蝣的眼里。

命短命短，对于这些永恒的星群我不过尘埃一刹。

长命长命，星光浸润了我，此后的岁月里我该和永恒等长。

南方的江水汩汩地唤我归去，行囊里有一缕风声和四野星光。

—— 且听风吟 ——

魏晋风度

左　佑　高 2012 级

读过很多小说，总觉得只有一个人，有魏晋风度。他是金庸先生笔下的黄药师。桃花岛上，残花满地，落英缤纷，直身而立的人，手持玉箫，特立独行，萧然出尘。而作者目录中"桃花影落飞神剑，碧海潮生按玉箫"又极好地烘托了"东邪"的绝世高人身份。

他随了自己的本心生活，从未同"北丐"一样混迹红尘之中，亦未同"西毒"一样成了外邦蛮夷才。他讨厌笨蛋，会毫不掩饰地表现出来，不管心爱的女儿一口一个"靖哥哥"。他爱他的妻，便寻遍世间草药，为换伊人复活。

一句话，他活在《晋书》里，活在《世说新语》里，活得恣意张狂。

错过了魏晋，只留下文字音乐中无尽的想象，还有一声叹息。

唯有魏晋，存了名士们的群体张狂。

无论"建安七子"，抑或"竹林七贤"，都以一个"七"作为众数，在那个月夜竹林深处，流水之旁，弹琴长啸，举杯邀月。在这里，天地自然，道法合一，名教礼法、周孔之道都如轻烟消散。这样的人，不是一个，而是一群，因此不存在寂寞之说，唯见在泥泞的夜里，在污浊的黑暗中，竹林上

157

方，朗月清明。

唯有魏晋，存有诗人唯美如烟花的境遇。

千年一叹《广陵散》，不仅有聂政刺韩王的义字高悬，还有刑场之上三千学子请愿只为一人的悲壮，"翩翩凤翿，逢此网罗"的嵇叔夜，以蹑花而上的琴声，完成了绝美绽放与《广陵散》最后的终结，也将气度与形象，做成了艺术。江东吴国名将陆逊的后代子孙陆机、陆云，做了光风霁月的人，如明月落阶前，黯淡了后尘，所以为人间所不容，一寸江湖无可付，受小人之害被诛。临刑之前，陆机轻叹不可复闻华亭鹤唳，陆云留诗"逍遥近南畔，长啸作悲叹"更是清明之音绕梁。刀影之处，所有花光突然收起世间沉暗，留下烟花绽放后的寂寞。

唯有魏晋，人们将自己当作传奇，一生都如传说。

翩翩少年，夜中野馆遇神传承《广陵散》精髓；听说两人苏门山上对视，三声长啸传了千古知音佳话；听说一人骑驴上东平，判竹十余日，一朝化风清；听说那嗜酒不羁的人将锄头塞在仆人手中，"死便掘地以埋"；听说那友谊开出绝唱，有"每一相思，千里命驾""每一相思，下笔千言"的坦然与真挚，也有绝笔书中保朋友命的用心良苦。

他们，依了心的声音，听从自己的选择，纵是乱世，也要活出一片光彩。所以后人才会说，真正风流的是魏晋人物晚唐诗。

因为，无论酒味、琴声、情义，不在乎是否天长地久，只在乎曾经拥有。

采薇山阿，散发岩岫，永啸长吟，颐性养寿。这，便是最简单也最难的高贵。

后世都知道，有那么几个人，用肩顶住了魏快塌下的天，让当时的文人有出逃的生路。

后世仰望他们，做人，有剑的模样，可使寸寸折，不能绕指柔；有花的情态，只要开了，就是美的。

所有感慨，化作四个字，叫魏晋风度。

点盏乡灯，带你回家

李歌谣　高2010级7班

小时候的晨曦照得屋前矮墙通亮，小小少年坐在墙下托腮吟唱。乡愁啊，是一枚小小的邮票，我在这头，母亲在那头。

乡愁，当时年少啊，可知何为乡愁？是否就是那天边叫西风的断雁，是否就是游子初渡河时的微霜，是否就是在书卷里埋首太久偶一抬头，映入眼帘的那一床明月光、一帘红海棠？口中高吟要蟾宫折桂高马轻裘回乡，于是轻易别了故土去到异乡，蓦然发现，在记忆里，故乡一切都美。

正是这样的美牵出万千愁绪啊。牵出周邦彦家乡五月渔郎摇舟入芙蓉浦的剪影，牵出余秋雨故乡遍结杨梅的山坡，牵出孟郊家乡寒灯下老母为临行游子缝补衣裳的密密针脚。于是，只有学易安，盼着云中有一封锦书来，说说家乡话，谈谈家乡事，以"向花笺费泪行"来慰藉自己年少的离家的心。

年少因乡愁而生的褶皱，一枚邮票便可抚慰平展。不知愁的岁月，乡愁就如这小小的邮票，轻轻浅浅。然而啊，乡愁是一坛酒，酿得愈久，其味愈浓。

站在咸苦海风吹拂的港湾，汽笛和浪潮声几乎淹没了青年的歌谣。长大后，乡愁啊，是一张窄窄的船票，我在这头，新娘在那头。

薄薄的邮票终于盛放不下绽放的情感。亲人来信说，你心仪已久的姑娘将嫁你为妻，在故乡春景绚烂时，这时的乡愁啊，品起来是相思的苦涩和甜蜜。

李隆基的乡愁啊，是否是那马嵬坡的月夜，在故乡深爱的倾城女子？三尺白绫带走了霓裳羽衣舞。一夜梦回时，思念的依旧是故里七月七日在长生殿，夜半无人相私语的女子啊，可她已化作愁绪万千如流水，这样的乡愁染尽离人泪，在雨霖铃的夜晚为永失其爱的男子唱起。苏轼的乡愁啊，化成了一支清远的笛，缠绵地吹过短松冈的明月夜。故乡忆，最忆是那张小轩窗前梳妆的熟悉容颜。然而啊，如今只能远远地想，这样的思念这样的愁化不开肠断的痛。青年时的乡愁啊，是思妇独上兰舟的碎步，悔教夫婿觅封侯的泪珠染了红丝线，穿也穿不得。青年时的乡愁啊，是吹寒的清角，故乡江南已被春风吹绿了吧，何时才吹得灭这战火？这般乡愁，是青年时最浓郁的感情。

白麻的孝幡黑绸挽，扯碎了的黄色纸钱漫天如花，悲伤的喉音唱过千万遍还在响。乡愁啊，是一方矮矮的坟墓，我在外头，母亲在里头。

雨霖铃

谢　璇　高 2011 级 2 班

　　寒蝉凄切，对长亭晚，骤雨初歇。歇住的是雨，歇不住的是怅然心绪。寒蝉鸣泣之时，斜阳已暮。和弥漫的雨气糅杂的，是凄伤的眼神。想起在汴京度过的那个盛夏，炫美得不忍回忆。曾经的急管繁弦、杯盏催传，破碎成了长亭帐内无绪；心绪情绪思绪，无论如何也溶不在酒中。妖娆瑰红的甘醇曾映出繁华到让人迷离的夜色与无数次的欢笑，而现在怎么也无法让笑靥和着血色浓醇一同咽下。

　　留恋处，兰舟催发。执手相看泪眼，竟无语凝噎。不曾留，任何事都无法留住永远的刻痕；只曾留，在面前人的心中留下了永远的印记。不存恋，喧嚣的汴京，本就是过眼烟云；只存恋，恋的是郊外夜空下，如皎月般干净澄澈的容颜。两人共坐木兰舟，此刻只能容载一人漂向他处。桨棹即动，转身登船之时，那双再熟悉不过的手倏然握紧，缓滞了脚步；回眼望去，纤长手指的关节由于用力而发白，沿着干净的下颌望上去，竟发现汴京的波光在眼中起了波澜。动了动嘴角，却凝固了声音。不敢说，不敢说，说出便不知是自己还是她的情感会决堤。

　　念去去，千里烟波，暮霭沉沉楚天阔。我走了。狠心抽出手，低低地喃诉着，指尖和心头一阵微凉。别过头，惶然发现被酒色泼染的天空，一如那双眼瞳一样深邃。船棹摇响，清河泛浪，盖住了回忆深处的低吟浅唱。沉甸甸的是心，是天边的云群。楚地的暮空反而更无际无垠，彼方的思恋旋成了心空的烟波千里。

多情自古伤离别，更那堪，冷落清秋节！兰舟渐远，瞳孔的影缓缓消失，一声轻叹也停不住水拍船桨。初秋的寒气沾上了暮色，在心头漾开一抹凉。一片叶随着秋水的召唤，轻轻挣脱了枝头，纵然不舍，纵然留恋，也无法抑制圈圈水纹轻扩。芳草甸里，立尽斜阳。青山逐退，汴河的水淹没了长亭，一绪愁思毕竟止不了红日将残。手上还留着那人的温暖，暗自想，旅途的寂寞也只能靠它驱散。寒风乍起时，束髻的发带竟被风吹得有些招展。终于忍不住回头望，却已看不见那熟悉的容颜与青山，即使愁惘，即使怅然，也无法不听到秋岚的幽咽。

捧起一把玉壶，向着河水流去的方向，仰头痛饮；端起一尊翠盏，望着青山消失的地方，低首独酌。醉罢醉罢，酒醒之后就算不知身在何处，梦里也一定是那初见时的晓风残月杨柳岸。任时光流转，光阴变换，人海中知音见，便是一生无憾。

杨柳岸晓风残月。此去经年。

浅浅的壶盏终究盛不了深深的羁绊，酒醒后却道是愁上加愁难更难。不愿多说，以沉默代言执着。可又不知究竟是哪年哪月何时何地再相见。

情感终于决堤，愁如潮涌，哀若波现；追想着那美好的日子，太短暂；焦忧于枯燥的等待，太伤感。应是良辰好景虚设。说过的，最喜欢那斑斓的秋天，可现在却发现，空中那轮明月怎么都不能把思念补完。汴京城内开封府外的千种风景万样风光该如何分享？曾经约定不要在繁华都市迷路，但现在心已迷惘。

便纵有千种风情，更与何人说？

故　墙

谢嘉琪　高 2011 级 3 班

忘川之上，桑梓之下。一半是光，一半是影。

——题记

从小便偏爱那些古老又邃远的戏码。用石头砌成了一堵墙，把自己围在里面，仿佛这样，就可以一直活在自己的世界里。眼前浮过的是那些上演了几千年的戏码。那个追着太阳奔跑的高大的身影，那个窃药奔月的女子，那个补天的神明，那些有着华绒锦翎的珍禽异兽，都是埋藏在墙里的宝藏。

人们说："现在是公元二〇一〇年。"于是，公路上到处都是奔驰的汽车。在大大小小的城市里，到处都是包裹在绿色网布里的未完工的大楼和四周黄色的起重机。在周围机器的轰鸣声中，在弥漫四散的烟尘里，齐转的齿轮共同挤出同一句话。

"它已剧终。"

仿佛闭上眼还能看见那些宫墙华瓦，仿佛还能听到钟鼓齐鸣的那般繁华！可是睁开眼，背后只剩漆黑的一片，华屋已坍。

也许只是憧憬着晨雾中那看不清的一砖黛瓦，一抹红墙。也许只是喜欢着那个"和现在完全不一样"的世界。好像转过身还能拂到半袖衣袂，好像回眸还能瞥到浓妆的戏子眼角的一丝浅笑。亦无从去道出到底有哪里不一样，从曾经的"长安城中，八街九陌"变为现在灯红酒绿这般寂寞的繁华，墙角的灯笼里散发出的柔和昏黄的光，也终究被明亮的白炽灯替换。在铺天盖地的考证中，仔仔细细地看一遍，末了才清楚地明白。所有的事物，是真切的，不一样了。

就像是那一方破损的戏台，台上的演员和台下的观众都已寂寂散去，偶尔有一些不死心的想要找回座位的人们，却在钢筋水泥的道路上无从找到通往旧路的站台。

也只是小时候听着老人碎念着"举头三尺有神明""狐狸会在一半晴天一半雨的日子里嫁人""在山上遇见大蛇要用树枝挑起帽子来和它比高，赢了就会没事，不过输了就会被吃掉"……当时应该是怀着一种崇敬和畏惧的心情来听的，觉得那是苍老的人们用一生积累下来的智慧，所以一直记到了现在，可是被问及："你可曾想要回到过去？"答案是否定的。大概只是叶公好龙般喜欢着那些古老的残影。我爱着那些高冠博带，但只要有电灯和自来水便可以让那些爱意溃不成军。作为喝着"化学味"饮料长大的一代，舍不得那些无聊却真实的便利。

何况那时并不只有那些华美诡秘的梦境。更有的，是那些连写在纸上都引人哭泣的真实。"古老"这个词所含的意思，并不只有"清贵"和"典雅"，一袭华袍下，可能有无数的才子佳人红妆翠袖在绝望中沉寂。

所以我们舍弃了，安居在舒适而安全的现在，诉说着我们的喜爱和憧憬，憧憬着那些绵长的、与腐朽同在的辉煌。

人类渐渐地背离了那个青绿而璀璨的世界，渐渐斩断了与它们的关系，用钢筋水泥织成的网，将自己包裹在里面，拥着那些堆叠的"品牌"，安然入睡。

然而，在那些叠积的嗤笑和怀疑里，山鬼精魅渐渐与我们背道，消失在了远山中。

空山不见人。

而现在，也只是在背着书包跑向未来的道路上，停下来做最后的回望，尽着笨拙的礼节，向那些曾经与人类无比熟悉的"故人"道别，就像在看到光芒冲破云层倾泻而下时，曾经徒劳地张开双手试图挽留那一点残辉，却只剩满怀清风嘲弄。不曾听到被遗忘的神明在这钢筋水泥的殿堂里倨傲的歌声，但那样仿佛生来就记得的音律像是萦绕在心间般不绝如缕。

如同这无尽夜里坚持点燃的一盏孤灯，哪怕再倔强也难敌炎凉，身后就是那即将淹没一切的巨大，万世洪荒。也想要筑起一堵墙，种下这所有的古老与曾经，为了那些已经不存在的，或是即将不存在的记忆。

也许在很多年以后，忘记了很多很多之后的以后，能够不经意间瞥到这堵墙内繁花溢园，每一朵都带着最温婉和熟悉的笑意。

季节怪物

饶玥玥　高 2012 级 4 班

风吹起来的时候我才发现自己踩在了夏天的尾巴上。

终究不明白自己为何对季节如此敏感。所以我说自己是一只季节怪物。相信每一个人都属于一个季节，而我是夏天的姑娘。我也热爱胡思乱想，把我喜爱的人赐予这些幸运的季节。

温柔的春天，我只能想到亨利·戴维·梭罗。他热爱生活，热爱整个大自然。他倡导简朴的生活，他厌恶昂贵的奢侈品。反感梭罗的人说他是"现代社会的土拨鼠"，可我却佩服他的非凡脱俗。他独自在瓦尔登湖旁生活了两年零两个月，完全靠自己的双手播种、收获，也曾失败，但最终他除了留足自己的食物还能有一部分食物可以拿去卖。《瓦尔登湖》中，他真实地记录了自己的生活与农民的艰辛。他为农民们的不幸而叹惋，用美妙的文字写了瓦尔登湖的一年四季。这样舒缓柔美却真实的文字，只能让我想到生命萌芽的春天。

海子说过，珍惜黄昏的村庄，珍惜雨水的村庄，万里无云如同我永恒的悲伤。大家最常见到的他的照片应该就是他留着胡楂笑得张开了嘴的那张。如果仔细看，会发现他的眼里其实装满了悲伤。我相信他是为了诗歌而生的，但他死后却成了谜。那张字条——所谓的遗书，只留下了九个字：我的死与任何人无关。谁也无法判断他的生命是美好还是痛苦的。他沉醉在自己的世界里，为了诗歌而快乐。可他却是那样不幸，他热爱的姑娘都离他而去。在《四姐妹》里，他写道："荒凉的山冈上站着四姐妹，所有的风只向她们吹，所有的日子都为她们破碎。"海子，这脆弱的诗人，这完全暴露在外的干净的灵魂，每一次爱都是伤害。多希望他能留在这尘世。可他却选择离去。

顾城，他从来就只为成长。他看世界永远用的是最天真的眼睛。在他的世界里，万物都是有灵性的。路边的花朵会微笑，太阳是甜的。顾城说："我想在大地上画满窗子，让所有习惯黑暗的眼睛都习惯光明。"他这样活在世界上，只会越来越惧怕。他那双光亮透彻的眼睛，只会越来越看清这个世界的肮脏。终究，他会在现实与幻想中寻求解脱。诗人是属于秋天的，他们如此灿烂却带着忧伤。阿多尼斯说他的孤独是一座花园。或许每一位诗人都有一座花园。他们的诗曾给无数的人带来力量。他们带给无数人希望，可是自己却在光芒中离去。

若说到冬天的文人，我立马会想到三个人：张爱玲、余华、苏童。张爱玲看世界用的是一双变异的眼，任何故事都如此悲伤，似乎冰凉刺骨是她永恒的主题。我记得韩寒唱过一句："美丽故事的开始，悲剧就在倒计时。"我看张爱玲的书，从来都是只看一半，我实在不忍目睹美好的女子如此受伤。张爱玲，她的书总让人感觉走在寒风中。

余华，其实他那血一样鲜红赤裸的文字背后是血一样沸腾的生命。他不同于张爱玲，他只是文字冰冷。我看余华的作品总是抑制不住泪水，每一本小说甚至短篇我都会思考很久。从《活着》《许三观卖血记》，到《兄弟》《在细雨中呼喊》，我似乎养成了一到书店就冲向红色书皮的习惯。《世事如烟》《音乐影响了我的写作》都让我对他有了更多的认识。他想表达的人生是如此的简单。人就是单纯地为了活着而活着，人生变数很多，可我们应该珍惜每一份感情。无论任何困难摆在眼前都应该勇敢。海子说："永远是这样，风后面是风，天空上面是天空，道路前面还是道路。"我更愿意说余华是冬天中的暖阳，虽说他仍然无法阻止扑面而来的冷，但揭开厚雾，便能邂逅最温暖的日光。他的文字是披着寒冷的外衣，走在光芒的路上。

我只看过苏童的短篇小说，那些发生在香椿树街上却毫无关联的故事。可实际他们似乎又是有关联的，结局都是有人死去。他的文章多半写的是发生在夏天的故事。可结尾又让人感到寒意。我还记得《稻草人》中那个沉默不语的少年，我都觉得他的死亡太荒唐。我有很长一段时间都在疑惑为何他要如此，他并没有像张爱玲那样为了什么而创造什么。我现在只能很浅薄地说，他或许是在揭露许多的不公平与那些被深藏的缘由。我们有时太感性、太自大，以为看到的就是绝对的真相，我们受伤害的心灵与逝去的生命一样无事。我总爱笑着说我们要透过表面看本质，想起苏童，我就会放下常有的冲动。当我们看完那些故事后，内心的触动或许就叫良知。我们应该擦亮眼，有时冲动是如此的荒唐。我浅薄地说他的文字能让我们静下来理解与观察。我实在不愿回想那些生命凋谢的震慑。属于冬天的人很多，我爱的是夏天，我都不能清晰地知道究竟谁属于它。不像是写《沉默的大多数》的王小波，也不像是写《百年孤独》的加西亚·马尔克斯。谁都不像。太多人有夏天的影子，可他们似乎永远无法脱离这个影子，赤脚在太阳下看太阳。我剪短头发，依旧无法踩住夏天的尾巴。

我从不知道自己究竟热爱夏天的什么，它找不出太多的好处，没有一个人的文字有夏天的味道。我只知道自己一到夏天就能笑，就能听见年轻的心跳。夏天是少年的季节，是有生命的季节，也是我最依赖的季节。

我希望我的文字能写出夏天的光芒。

我终究是一个季节怪物，不知道一切因果，在静谧而美好的日子里，我终究是一个敏感的季节怪物。

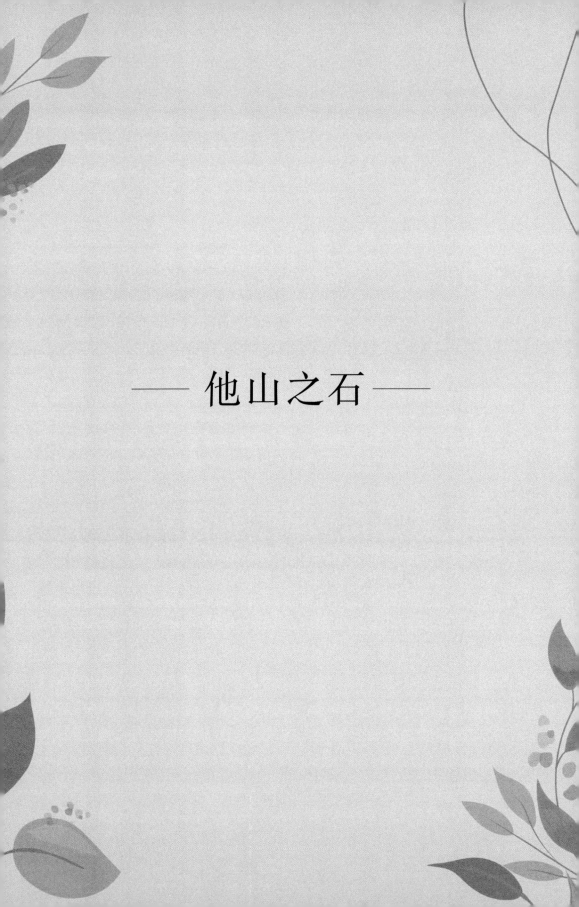

——他山之石——

高处自渡——论文科生的素养与担当

姜晶菁

向后，是风尘曳曳的远古；向前，只见点点渔火淌向江心，小小的灿然照不开方向。

这里是渡口。屈子曾在这里问渡，那纵身之跃激起了湘江千年的浪花；孟山人曾在这里问渡，随后鹿门诗行了了，吟出另一番盛唐；郁达夫曾在这里问渡，他调转舟头作别渔梁，在文化救亡的潮头矗立。

如今这渡口已在眼前了。问渡吧？

不，问渡多没意思，我要去高处，自渡。

我要在山脚下拥抱文风。随它去杜牧姜夔的扬州，撩起十里珠帘也拂过荞麦青青；去做回柳七，哪怕今宵酒醒不知何处，也还有信可寄有诗可言；去和苏轼一样体验柴米油盐烟火气，又同辛弃疾一般满心赢得生前身后名的家国梦，捧茶端酒咽下八九不如意，梦里会碧溪垂钓姜子牙，醒来又是破浪长风挂云帆。我要游访诗词、揽识文友，而不是抠挖字句、供奉情怀。只有沉醉文风，方能言"传承"。

我要在山腰洗礼文气。环顾四周，越来越多的"成功者"都想以文炫己，甚至以文训世。所谓"企业文化"强制标高古文发蒙，所谓"鉴定拍

171

卖"无限拔高中等笔墨的文化地位。我们的文气便如鲁迅所言："把远年的红肿溃烂，赞之为艳若桃花。"已立于山腰的我们应率先重启文气之思，重省古今坐标，或在新闻传媒中阻断残屑渗透，或在编导节目大开严选之风，或沉心治学，努力拨去浮华热闹。选择各异，目标同归，搬开芜杂，寻获石础，让出疏明，洗净耳目，只有沉淀文气，方能言"复兴"。

我要在山峰推进文脉。纵向既须知古代之伟大，横向还应知国际之伟大。卢克索的神威，恒河畔的玄幻，巴比伦生命边缘的吟咏，黄河流域世俗生活的抒情，是由时间定格的文化基因。雅典学院与稷下学宫在时空、名称上的亲密对仗让世界文脉磅礴而起，在欧洲中世纪时停顿，在文艺复兴中震颤，在华夏大地上四方奔溢。当历史的底气淌至脚下，当文明的年轮停在眼前，两种伟大已尽收眼底，时间的尊严已握在手心。是时候振奋人心，创造未来了。是时候结束在荒瘠现代的流浪，腾空而起，自创江海了。我们要游于神话与《诗经》、屈原与司马迁、陶渊明与曹雪芹，甚至是其他文明的苍穹星光之中，而后才有望成为文化的受益者。只有参与文脉，方能言"开创"。

既至山顶，方向皆明。何须问渡，摆渡人只有自己。

但一朵浪花无以致狂潮。文化大河需要的，是流动，是波浪，是潮声，是曲折，是晨曦晚霞中的飞雁和百舸，是风雨交加时的呐喊和搏斗。

世界担当已然落至肩膀，我们这一代要快快奔往高处呀！中国文脉已等待好久了。

你若喜欢有故事的人，其实我很美

赵玥颖　高 2012 级 4 班

这篇文章，不是你跌落低谷时的鸡汤，不是你备受鼓舞时的鸡血。

是我的故事、讲给你听的故事。

想起的太多，想说得太少。

那些零零碎碎的片段，一点点拼凑成我整个高中走过的痕迹。

故事该从哪里讲起呢？

如果确定了心的方向，就勇敢去追

从初中开始，我就有一所很想进入的高校，于是把那所学校作为自己高中的唯一目标。高三时晚自习延长到十点二十，课间休息时我会走到教室外的走廊上，静静地望着理想高校所在的方向，告诉自己，那是梦的方向。

虽然最终没能如愿考上理想的高校，但至少我去了想去的城市，处在我曾张望的方向。

每每想起高三那段时光，都会觉得自己十分幸运。在最容易迷惘的时光里，我有了一个明确的方向，并且之后走的每一步，都清晰无比。

我想，每个人都有自己的方向，不管是别人艳羡的目光，一个梦寐已久的称号，还是一所著名的高校、一个优秀的人，这些都是支撑你奋斗的力量，是你疲惫至极或是力不从心时继续前行的信念。

给自己一个目标，给自己一个方向。至少，在受挫受伤时，你还能找到前进的路，坚强地告诉自己，朝这个方向走。

——是真爱吗？如果是，那就认真去追。

Do or Die

生来就是爱做梦的女生，几乎天天都在梦想我想要的美好未来，再繁重的压力都无法阻止我做梦的欲望。梦太美，仿佛一闭眼就能实现；现实太惨，似乎拼命奔跑都无法到达理想彼岸。于是有了那句：但愿长睡不复醒。

大多数人都是这样吧，不想承受现实给的太重的压力，于是选择平平凡凡的生活、做着轰轰烈烈的梦。

可孰知，我生来就是骨子里很骄傲的人，不愿将就、不愿妥协、不愿平凡。梦里，我理想的大学很美，但我徘徊许久，始终找不到打开那扇大门的钥匙。

我想，我丢掉了什么。

我开始关注身边的人。

班上最懒的同学的桌面上新添了几本辅导书，上课不再迷迷糊糊、睡眼惺忪。班上最用功的同学已经刷完了三本理综题集，等着下一期金考卷的出版。班上最早回寝室的同学不再一听见下课铃声就冲出教室，而是认真地坐在座位上改完最后一道错题。许多人的桌子上写着励志的话，还有每天的具体任务。

我看见了他们匆忙的身影、憔悴的面庞，也看见了他们收获的成效、满足的笑脸——想圆梦吗？想的话，那就别做梦啦！

你永远不知道自己有多大能量

我的语文很好，语文成绩长期位列年级前十名，但在高二一年里从没有写出过 50 分以上的作文。

但这不是故事的开端。

故事是这样的，高三第一次语文作文练习，和周围的同学讨论主题，自认为写出了一篇不错的文章，却因为部分偏题只得了 43 分。拿到卷子后和周围的同学半开玩笑地说："要不是这题目偏了，我就是 53 分的作文了。"同学接话："算了吧，就你，还 53 分呢！"

早就说了自己是个骨子里很傲的人，我就一直记着同学也许是无心说的这句话，想着我一定要写出 53 分的作文，证明给你们看我就是有这么厉害。

其实，并没有下特别大的工夫，就是每天中午回寝室之后抽十分钟时间读一读前几年的优秀作文，勾画自己喜欢的句子，加之自己的语文功底还算不错，不到半个月的时间，我就可以写出很漂亮的议论文。从高三第二次月考开始，每次考试，我的语文成绩总是班级第一、年级前三，作文总在 50 分之上。许是缘于一直以来对语文的热爱和逐渐积累的自信，我的语文成绩越来越好，高三半期考试之前，我语文成绩是总分第一，高三半期考试之后，我语文试卷的每一道题都是最高分。

你看，我说过的狂语，其实我可以做到。关键不是别人觉得你是疯子，而是你愿意相信自己的疯狂能发出闪亮的光芒。

你想不到你拥有的有多珍贵

进入大学，当我还在坚持提前一天写下次日的计划，并在第二天一条条执行打钩打叉；当我还在坚持每天晚上去操场至少跑 800 米；当我还在坚持迅速地完成一件事情或是一项任务；当我还在坚持花一些时间，读几本书，认真看看课本……当我还在坚持这些已经成为习惯的习惯，我感受到了室友和同学目光中的艳羡。

当我看见我的室友整天看视频打发时间，不做作业，偶尔借同学的抄一抄，一到期中考试就傻了眼险些哭晕；当我听见我的室友说完全听不懂外教上的英语课，没有学习的动力和坚持的习惯；当我听见我的室友说没办法聚精会神，所以就算到考试之前也不能认认真真地看一看我们的课本……

当我做着和她完全不同的事情，有着不一样的时间表、不一样的速度和效率、不一样的朋友圈、不一样的大学生活……我觉得自己无比幸运，因为我拥有的所有好习惯，都是在高中，尤其是高三一年养成的；因为我做的所有事情，都让我觉得自己很有价值；因为我得到的所有机会，都是凭借自己从前积累下来的经验和经历的学生会活动赢得的。

你不知道树德中学的活动有多么丰富多么精彩，你不知道树德中学的氛围有多好，你不知道树德中学教会你的、带给你的是你之后遇见的人无法拥有的财富。

不要忽视你手中持有的宝藏，迟早有一天它会让你强大到无人可挡。

自牧归荑，洵美且异

高三的时候，班上座位大调整，我和我的一个好朋友成了同桌。课间，我们会一起谈论有关未来的想法，然后和很多好朋友一样，约定毕业之后一起旅行，约定大学时互相看望对方，约定大学毕业之后经常联系。

那些约定太美，我们不愿轻易打碎。

彼此太珍贵，我们不敢遇见困难就后退。

于是，煎熬的高三成为并肩为未来而战的神话。记录每天计划的会议本代替了写满秘密的小本子，厚厚的一本"五三"代替了从前迷恋的小说，课本卷子上勾勾画画、圈圈点点的重点代替了隔三岔五传来传去的小纸条。

为了承诺的未来，再重的压力我们也愿意承担。

现在我们的关系依然很好。每每想到那段时光，我都会感谢有人和我一起，迎接生活的挑战和未来的检阅。

于是，就有了小标题的那句话。这句话出自《诗经》。

我想说的是，也许我们每个人都是这个状态吧，很少有人真正热爱高考，但是因为走过这座独木桥，河的那边有我们美丽的梦想和对未来的向往，所以，有关梦想和未来的一切都可以在我们的印象里变得美好起来，高考亦是。

那些痛苦的经历，都因为我们的憧憬，变得无比美丽、无可替代。

生我何用，不能欢笑；灭我何用，不减狂骄

这是《悟空传》里的一句话，送给你们经历的高三和经历高三的你们。

你们也许无法改变高考制度，无法在繁重压力下爱上所学的内容，整天机械地重复着的事情无法让你们给自己一个大大的微笑，不满意的分数和结果让你们苦苦思索生活的意义。

那又何妨？告诉自己就算每天重复一样的事情、面对很难的题目，我一样能保持最初的骄傲，丝毫不减最初的自信。

就是这样，无法逃避的事情让你不禁问自己生来何用，但不愿失掉的自信和自尊让你一次次在心里告诉自己：我愿守住这份狂傲，忍受这条路上所有的煎熬。

你的高三，是什么样子

习惯了每天早上六点起床，在室友还没起床时就洗漱好离开，到达食堂时刚刚遇上阿姨开灯，觉得整个世界都为自己打开。

习惯了把每一道弄不清楚的题圈起来拿去问老师，看着每一个圈被解答过程取代。

习惯了不管每天作业再多、心情再不好都要在晚自习第二节课间去操场跑步，然后在上课铃响起的瞬间走进教室。

习惯了每天列出第二天要完成的任务，并在第二天完成后打一个钩，每天晚上检查的时候看着满满的钩安心地睡去。

习惯了每个星期整理一次错题本，把做错的题目重新做一遍，将经典的题型模型化地整理出来。

习惯了在课间和同学讨论最近的趣事，然后又投入紧张的学习中去。

习惯了用小跑代替走路。

习惯了立刻完成，而不是一拖再拖。

习惯了当日事当日毕。

……

就是这样一件件的小事、一点点的习惯，让我在高中三年逐渐夯实了自己的基础、坚定了自己的方向，最终走到了这里，带着一身傲骨，做着不平凡的梦。

每个人的一生都不可复制，我的故事还没讲完，你的故事才刚刚开启，这本以你为名的自传中，你想要安排什么样的情节？

如果有一天，你被某个故事感动得热泪盈眶，我希望那主角，是你自己。

追梦此间少年——给学弟学妹的悄悄话

敬　可　高 2014 级 4 班

灼灼岁序，恰似晨露；百日红街，芳草红砖；窗前苦读，追梦此间。史铁生在《奶奶的星星》中这样说道："每一个活过的人，都能给后人的路途上添些光亮，也许是一颗巨星，也许是一把火炬，也许只是一支含泪的烛光。"学姐不才，但希望能通过文字，为或许略感忐忑的学弟学妹们带去一丝温热。

"读书是心灵飞翔的一种姿态"

这是我的初中班主任张潺老师挂在教室后面黑板上的寄语，之所以将其作为第一个话题，是因为我深刻地感受到了它的重要性和必要性。

高三的确会很忙碌，但一定要留给自己读书的时间，留下一段云淡风轻的孤独，而读书的妙处，就在于它能使有限的人生得到无限的拓展。班主任樊森老师一直为我们订购着《意林·作文素材》，无论是一篇时评文，还是一篇散文，都为我们的高三生活增添了许多乐趣。排队时，就寝前，或短暂的课间，只要做一个有心人，总会有读书的机会。而读书多的人，文笔都不会太差，论据援引、遣词造句都因平常的阅读显得得心应手、水到渠成。

179

而对于非毕业年级的学弟学妹们呢？你们的选择就更多了。有一天，当你觉得自己很努力很辛苦时，那你要去看看励志的小说，随便一本，那里面的人一定比你更努力、更有力。哪一天，你想不通人性、猜不透善恶、看不懂生活，就去读莎士比亚的四大悲剧、巴尔扎克的《人间喜剧》、马尔克斯的《百年孤独》、卡夫卡的《变形记》，它们会带你去看卓越人格的偏执、权威人格的虚妄。你会发现，世界在眼前，也在书里。书中人的悲伤与喜悦，逼真到力透纸背，穿越时空的距离触碰到我们的心灵。你的悲哀找到了共鸣，孤独消散于墨香，那时候你就又有了斗志，像个骑士。

我是从 15 岁开始才热爱阅读的，如今深觉"书到用时方恨少"。"日月忽其不淹兮，春与秋其代序"，逝者如斯夫，望可爱的学弟学妹们莫做学姐蹉跎之叹。

深层次学习

"深层次学习"这个概念是我从肯·贝恩《如何成为卓越的大学生》中了解到的。虽然它针对的是大学生活，但我觉得其对于整个求学历程都非常重要。"深层次学习者"热爱学习本身，即便没有人教，也会自己采取深层次策略。他们自己会去寻找基本结论，判断什么是最重要的信息；反复思考新的信息，如何支撑或改变已有的观点；不断追问自己对材料的理解有多透彻。作为一种资格的反映，在高中拿高分固然很棒，但这并不能反映你是谁，一生将有何作为，也不能说明你可能具有多大的创造力或者你究竟对知识理解多少。

的确，反思我的政治学习，虽然将具体知识点背得滚瓜烂熟，但对有些知识点缺乏透彻的领悟，以致应用时不能灵活调动与迁移，或许这也是我高考政治没有发挥好的重要原因吧。仅以此作为教训与学弟学妹们分享。

文科绝不是简单的背背记记，它需要有较强的逻辑思维能力和扎实的知识储备作为依托。历史宋廷飞老师说："老兵不死，只是逐渐凋零。"在我看来，老兵不死的原因不仅仅在于他会使枪，更在于他能用枪精确地对准敌人。

孤独之后是成长

刘同曾说："孤独之前是迷茫，孤独之后是成长。"我曾在高三阶段遭遇了一次大的变故，曾经的挚友走失了，而我也不得不面对自己原本最害怕的孤独。我开始习惯一个人跑步、一个人吃早餐。我发现，其实它并没有那么可怕，相反，我渐渐喜欢上它带给我的洒脱与自由，也发现一些只有一个人才能体会到的感动。每天清晨，当大部队涌向食堂，我已逆着人流走向教室；教学楼的第一缕阳光很暖，栀子花很香，每天我都给自己一个大大的微笑，做第一个打开教室门的人。当同学们陆陆续续走进教室时，我已刷完了一页《高考必刷题》。

而我想告诉学弟学妹们的是，无论遭遇怎样的变故，都不用害怕。因为时间会为你疗伤，伤疤是属于勇者的徽章。高三，试着把生活过得简单，有融洽的人际关系就好，不必太在意某个人、某件事。当一切尘埃落定时，你会感谢曾经那么坚强的自己。

"做记录！做记录！"

印象中特别清晰的一幅画面是班主任樊森老师手敲讲台，叮嘱我们做记录。那时，有多少次大型考试，我们就有多少次考后分析，看似千篇一律，其实每一次记录心境都是不一样的，重视它的过程就是做有心人的过程，不至于在同一个地方跌倒两次。很庆幸我们有属于自己的独家"自传"，那里记录着所有的青春小秘密。或许我们的文笔会很稚嫩，故事稍显年少轻狂，但樊老师一直都是我们最忠实的读者。每周特别期待的一件事是拿到他批阅过后的自传本，尽管有时只是一句简单的鼓励，但两年以来，他的评阅从未缺席。我也是从那时更加坚定，文字真的是有温度的。梳理是与自己的对话，它能让你一直保持初心，直面自己脆弱的内心，而不忘记出发的地方。高三，特别重要的是给自己鼓励，现在翻开自传本，多是"用强大的信念做后盾""用极致的斑痕成就璀璨",满满的都是鸡血的味道啊！但也是这些充满斗志的话，陪我走过了整个高三。

功成不必在我，而功力必不唐捐

从前，听过很多高三的故事，它们大多都很沉寂、拼命，似乎高三注定要被镀上一层压抑的色彩，埋首于书卷，不问世事才是与它最相配的画面。但是我的高三，却是最精彩的一年。说到这里，我想特别感谢樊森老师，他对我有知遇之恩，如果不是他，我也不会发现自己还存在如此多的潜能。这一年中，我曾两次站在主席台上进行国旗下的演讲，首次体会到在众多目光注视下的心潮澎湃；曾撰写高三运动会入场串词，向学弟学妹展示属于高三的态度和志气；曾参与市级三好学生竞选，让更多的人了解到我是一个乐观积极的女孩……

所以，亲爱的学弟学妹们。高三并不恐怖，它更像是一盘佳肴，酸甜苦辣融会其中，而最后的味道是什么，取决于掌勺的你。就像麦家所说："忠贞的人，永远会得到忠贞；勇敢的人，最后也是用勇敢来结束。"高三，是一段献给青春的岁月。在我们的人生中，那些最让人感动的日子总是那些一心一意地为了一个目标而努力奋斗的日子，哪怕是为了一个微小的目标而奋斗，也是值得我们骄傲的。学然后知不足，但很多时候，我们在知不足的情况下，更要多学、多练，给自己一个全力以赴的机会。胡适说："功成不必在我，而功力必不唐捐！"

珍惜与感恩，自信与勇敢

这应该算是学姐的独家小法宝吧，在此分享给可爱的学弟学妹们。在每一个阶段，我都会为自己设定两个关键词。比如，在踏入高中生活之前，我为自己选定了"珍惜"与"感恩"，而在这个暑假，我为我的大学生活选择了"自信"与"勇敢"。

这个看似不起眼的小举动，却给我的成长过程带来了很多力量与支持。

它很直接的一个作用便是让你为自己的成长做了一个定位，即你希望成为一个怎样的人？而这一定位，便是我们常说的"初心"。每次面对压力、考试失利，想想自己的最终目标，就会觉得眼前的困境都只是实现梦想的跳板，它只能是动力而非阻碍。《羚羊与秧鸡》中这样写道：我们每个人都要在自己眼前的道路上脚踏实地地走，每条道路都是独一无二的。求索者关心的不该是道路的本质，而是我们每个人在踏上有时具有挑战性的路途时所应有的魄力、体力与耐心……很多朋友都说我是一个"小太阳"，浑身充满正能量。或许只是因为我从一开始就知道自己要的是什么，因而不太介意某一次具体的挫折。

身体是革命的本钱

这是老生常谈了，但我觉得这一点至关重要，尤其在高三。不知道为什么，刚进入高三的两个月里，我生了三次病，输了两次液。而生病的代价是比较大的，不仅身体受罪，面对学习时也很难集中注意力。这就是樊老师常说的"非战斗性减员"吧！高三的时间何其宝贵，实在不应耗费精力与病痛周旋。

所以，亲爱的学弟学妹们，一定要好好照顾自己！重视三餐与睡眠，还可以在寝室准备个小药箱，防患于未然。每天保证一定的运动量，我强烈推荐跑步！

"休对故人思故国，且将新火试新茶"，我们之于学校，既是过客，亦是归人。以前听学长学姐们说怀念高三，会觉得不可思议。可当置身其中时，才发现，原来这一切，都是真的。再也不能在每周返校时看到樊老师写的生活辩证法了；再也不能和数学老师韦莉"争论"是二还是四了；再也不能在自主复习期间，一出教室，便听到英语老师李亚军温柔的招呼了。怀念最爱的王寅姐姐讲的每一道政治题；怀念历史老师宋叔叔的鸿儒之风，他如此博学也如此真实；怀念地理老师石洪春的耿直与敬业……那段一下课就冲到办公室去问问题的日子终究回不去了……满满的思念与感动，盛宴无不散，新人换旧人。在回忆都生锈的多年以后，或许你们给我的回忆就是我最好的青春物语。

《牧羊少年奇幻之旅》中说：当你真心想做成一件事的时候，整个宇宙都会联合起来帮助你。亲爱的学弟学妹们，这是属于你们的现在，诗酒趁年华，愿你们都是追梦此间的少年，去迎接蟾宫折桂的六月！